紅咖哩 黃咖哩

周芬伶——著

目錄

自序

可怕的美

住在大度山已有六年，剛來時配到的房子一片廢墟，裡外整治約一年才能住人，山裡的生活與世隔絕，每天要面對毒蛇、虎頭蜂、蜈蚣、老鼠、白蟻入侵等等情節，白蟻常數日之間讓樹倒塌，屋梁地板朽壞，稍不小心，朽壞馬上降臨，獨居更加深這種無助感，對抗著這無所不在的朽壞，只能稍稍阻擋，然後隨遇而不安，這種不安感始終存在——我的鄰居因被虎頭蜂攻擊，心臟病發暴斃；才剛華麗裝修宿舍的另一個鄰居，令人讚歎的甜美草皮剛鋪好，他卻發覺自己癌末，不久去世，房子隨之失去光彩，草皮被雜草掩蓋，每回路過總感覺悲涼；不幸與災難來得如此倉促，人力如此微弱，我也曾被蜜蜂叮得滿頭包，被毒蛇嚇到不敢回家，在這裡小小的事都會變成災難，有一次蟲殼飛進眼睛，痛到掛急診；出門一個不慎腳插進水溝，仰倒在草地上，直面藍天，我感到暈眩，並覺得天空如鍋蓋壓在我身上，我想飆粗口，眼淚卻自動到來。

但我喜歡山、樹林，各種花草，這是無可逆轉的，也許血液中有著山裡人的因子，令我想起住在叢林中過著原野生活、喜歡打獵的外祖父，九歲時曾與他住過一段時間，夜裡無燈，每日汲取河水放進黑色大水缸泡明礬過濾，那缸水是一天內煮飯與洗衣洗浴用水，得非常節約使用，大蜥蜴與毒蛇穿梭林間，而我們在溪河中泅泳，只為撈一些河蜆，那就是我們的食物，蚊子叮得我寫求救信，拜託母親救我回家，還好沒有，日後想起卻是懷念的日子。

我也想起我所來自的家鄉，地處北大武山下，鄰近都是原民區與客家庄，我們那個小鎮是少數的閩南人，移民兩三百年，常與原住民通婚，也許我們早已是原民化的山人，而自己竟不自知。潮州離排灣聚集的農場、來義、泰武只有數公里，山民常頂著竹簍徒步到我家以物易物；我們則上山找同學，他們大多有好歌喉與很酷的名字，有個女孩叫夏玫瑰，聽說是公主。

因地處山腳，遍布原始森林，從小我就愛往林子裡鑽，那深邃的綠，原始的氣息，那綠裡有著許多傳奇，從民國九十七年起很自然地寫山民的生活，也沒多想，就是往那綠裡鑽，五年來陸續寫了十三篇，淘汰三篇，如果再多看幾眼，可能沒勇氣出版。

然這本書作為生命的本色，描寫的與其說是朽壞的人，不如說是那些想逃避朽壞而無處可逃的人。

山裡人是隨順自然，無處可逃之人，他們到山下只會更想念山上，所以面對一切天命與違逆忍受力超強，八八水災毀了霧台村，百合族裔魯凱被迫遷到山腰排灣區，許多人無法適應又返回祖地，我曾在那裡住過，滿山遍野的百合花與圖飾，在山之巔有條古道，山人就從這裡走到台東或花蓮，有多少的山村被洪水與地震吞沒，然而只要住過山上就會想再回去，這是山裡人的命運。

海拔三千，是人體還能忍受的高度，今年去了一趟喜馬拉雅山，海拔四千到七千，到那裡生活已超過一般人體極限，連官覺都會改變，欲望消滅，心靈純淨，怪不得成為宗教聖地與香巴拉，那是另一種超現實，我無法捕捉那超塵絕俗之美，只能描摹海拔三千以下的綠，那豐沛的綠，似乎是充滿欲望與想像的叢林，還有著眼耳鼻舌身意，還有塵垢，還有無明，只要無明存在，所有的恐怖顛倒夢想依舊存在。

超脫說起來容易，在現實中如何困難。

當散文中的小我寫煩了，抽離自己去看遠方的人——遠方的人對我恆常存在魅惑力，去抓住那些幻影，當作遠方的旅行，當我一次又一次歸來，常有如黃粱夢醒般清澈。

台灣是個海島，有關海已寫得很多，然而台灣同時是山國，百分之七十的高山，百座以上三千公尺高峰，那裡清麗脫俗，我曾縱走能高越嶺，六天五夜過棧道攀岩走壁，走到脫落四個腳趾甲，橫越台灣中部高山，山中的夜晚奇寒，嶺上結著霜，清晨的山頂雲霧與群山好像在旋轉，在這裡樹變少，山變小，人失去存在感，我無法說明那山撼人的力量，它幾十年來跟隨著我，始終沒離去。

把它們看作山中傳奇也好，或是某種山的素描，我沒用力也沒花招，只是素樸地記錄山的記憶。

寫小說的我與寫散文的我越來越不同，以前它們或有交錯或交織，現在越離越遠，寫小說是遠方的旅行，向人訴說旅途的經歷，然而寫散文先要存在一個散文家，散文是散文家的文體，我是寫了十幾二十年，才有散文作者的鮮明意識，而小說是否也是小說家的文體，先存在著小說家，才有小說這回事？

最早的小說家是個說故事的人，他們行走四方以說故事娛樂大眾；當聽的故事變成寫定的小說，其中的小說家變成摹擬的人，如亞里斯多德所說，他們摹擬自然，自然包含神祇，他們同時是發現者，其時的悲劇多是命運悲劇，發現天命即是命運逆轉直下之時，如梅迪亞、安蒂岡妮，她們做出不得已的選擇，走向毀人或自毀之路；之後是性格悲劇，人的不幸來自自身的性格缺陷，如莎劇中李爾王的軟耳根及愛聽讒言；哈姆雷特的多疑軟弱，英雄的心通常破了個大洞；直至科學家發現遺傳與進化論，小說描寫的多是境遇悲劇，人的不幸是由先天的遺傳與後天的環境構成，如包法利夫人、娜娜，她們的墮落是一步錯一步；至二十世紀初，小說描寫的多為心靈悲劇，如同《推銷員之死》中的老推銷員，他先死於心靈，後死於自殺。當人對於不幸不但無力反擊，反而坐以待斃，這種悲哀無寧更為絕望。

現代小說多是憂鬱的，盧卡奇認為現代小說只是史詩的殘餘，故而主角都是憂鬱的流浪者，他們不是傻子、瘋子就是罪犯。然而小說家在不在其內呢？或者那個小說家根本是非人或超人。

史詩之後的小說家，從與魔鬼交易的天才到背負使命的良心導師，然後是召魂者或降靈師，最後是將垃圾變成黃金的打包工，然誰具有鑽石孔眼，把孤獨化為喧囂呢？

我是很願意當文學的打包工，從寫小說以來，圍繞著一主題而書寫，形成較大的架構，這種模式是有長篇的企圖，然尚無結構力，我把希望寄託在《花東婦好》，已寫近十年，這麼久了，再久一些無妨，《龍瑛宗傳》寫了近二十年才完工，我是從不急的。葉慈在〈一九一六年復活節〉寫著：

不管已說了和做了什麼。
我們知道了他們的夢；
知道他們夢想過和已死去
就夠了；何必管過多的愛
在死以前使他們迷亂？
我用詩把它們寫出來——
麥克多納和康諾利，
皮爾斯和麥克布萊，
現在和將來，無論在哪裡
只要有綠色在表層，
是變了，徹底地變了：
一種可怕的美已經誕生。

一種可怕的美快要誕生，急什麼呢？我沒有鑽石孔眼，只願像清晨小草上的露珠平和謙卑地照射。

若我不能遺忘

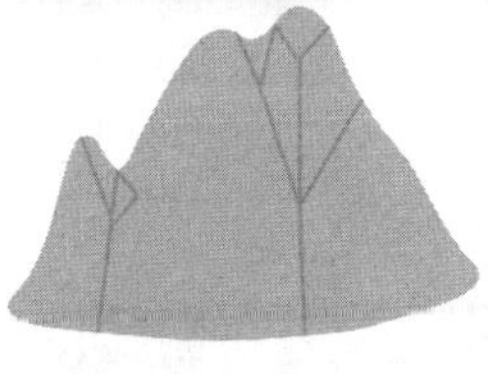

景坐在鋼琴前發呆不知多久，早晨的陽光漸漸強烈，照到她臉上像刀劃一般，她該起身去為丈夫孩子準備早餐，但她不想移動自己的姿勢，還在回味昨晚的夜宴，從昨晚深夜坐到此刻，幾乎沒變動過位置。每個細節像流雲般在她的腦海中快飛，那真是接近一百分的宴會，美食、嘉賓、音樂、氣氛、過程……應該是九十五分，她是宴會專家，也是精算師，堅信精確就是美的極致。

她是學會計的，在美國拿的碩士學位，畢業不久就考取精算師，案子接不完，她卻在這時去學鋼琴，迷上各種演奏會，就像佩索亞一樣，分裂成兩個人，一個在敲打計算機，一個在存在與虛無之間遊蕩，如同《惶然錄》中的描述：「面對我給他人記數的帳本，面對著我使用過的墨水瓶，還有不遠處S弓著背寫下的提貨單，我的眼裡充盈著淚水。我覺得我愛這一切，也許這是因為我沒有什麼別的東西可愛，或者，即使世上沒有什麼東西真的值得任何心靈可所愛，而多愁善感的我卻必須愛有所及。」人縱使活得荒涼貧瘠，也要愛有所及，她總愛著一些沒道理的小物事，絕對必須如此，否則生命將是如何虛無？這是在她面對帳本與音樂時，覺得它們並無不同，同樣是透過抽象的符號，指向不可測知的人性隱微，而且一樣要求準確。如是當她第一次聽安演奏，每一個音符都敲打她的心，她因而流下眼淚。

昨晚安就在這架鋼琴前演奏，四十出頭的她留著長直髮穿超短迷你裙，背影看來就像少女，她那栗子色的頭髮在台灣住久了就像染的一樣假膩，細緻的瓜子臉有幾分像張懸，沒有人相信她是百分之百的法國人，倒像是混血兒，還會講幾句台語，在台灣住七八年，有一半以上的時間在世界各國表演，瘦小的個子坐在巨大的史坦威三角鋼琴前，就像小孩玩大車，手指飛快地在鍵盤上滾動，如同一鍋沸騰的美味高湯，冒著晶亮的泡泡，還有微妙的滾音，這是宴會的高潮，許多人眼眶發紅，等到掌聲如潮，宴會就將接近尾聲，每當這種時刻她通常感到極度高亢之後轉為匱乏的悵惘，如花美眷緊接著逝水年華急轉直下，筵席將散年節結束那般空虛，因而偷偷擦拭眼淚。

安是個極挑嘴的美食家，不好吃的東西連看都不看，更別說吃一口，景為了引誘她來演奏鋼琴變成敗家女與媲美兩顆星的廚娘，從前菜到甜點無懈可擊，這芭比的盛宴光食材就準備好幾個禮拜，日本松阪牛與法國白松露；索甸酒與有塊狀的鵝肝醬，覆盆子水果塔與自製的馬卡紅，都不比米其林一顆星的水準遜色，這些細細節節，會把女人磨老，但她願意，譬如說那剛燙好的雪白桌巾，鋪好後發現有個小黑點，其實餐具擺好根本看不見，但這是她的良心事業，一個污點都不可以，她馬上出門到百貨公司買一條新桌巾，光這樣就花掉一個下午，其他事項更不用提。

她是這山城中最有品味與奢豪的名門貴婦，可在安的面前連說話都要輕聲些，像她這種會畫花鳥會騎馬能文能武的才女，想不透為什麼在安面前就自覺像武大娘，應該說所有人跟安比都會太粗俗，連她那據說會寫詩的丈夫馬克站在她旁邊就像黑手黨，兒子里昂是隻小野獸。想到她願意在家宴上演奏，想到她們之間與眾不同的友誼，丈夫常笑她是安的頭號粉絲，她對粉絲一詞嗤之以鼻，真是不學無文的莽夫，還吃什麼飛醋。

這是沒有人能定義，沒有文字可以形容的感情。

就說那價值數百萬的史坦威鋼琴吧！當初要買的時候就跟丈夫吵一架：

「我們的兒子才學到小奏鳴曲，有必要買史密斯鋼琴嗎？」

「史坦威，你懂什麼，怪不得有人笑你父親是暴發戶，買琴總比買車好，再貴也沒你的賓利貴。再說我也可以彈啊！」

「你？你還在拜爾呢！」

「我正在學，你不要管！」

「誰知道你是為誰買的，七里。」

「閉嘴！」

景氣得三天不跟丈夫說話，她後悔在某個莫名其妙的夜晚，告訴他她中學時傾慕的七里，一個啟蒙她美與愛的小女人，啊！那段糾結不清的情感，至今仍然感到痛楚，為什麼她要輕易告訴人她的七里，令她想咬斷舌頭。

大廳掀起瘋狂的掌聲，安已經彈完安可曲，優雅地一鞠躬，馬上被一群粉絲擁下台，安走向景，景早已為她備好一杯雞尾酒：

「我快不能呼吸，到外面走廊透透氣！」

「我知道！」

外面是一座花園，說是花園卻沒種花，只種了一排五葉松，扭曲的樹型都是修剪設計過，景不喜歡花，有花就有蟲，所謂的花園就是一片乾乾淨淨像果嶺一樣的草地，連一株雜草也無，這比維護花園還要辛苦，園丁每隔幾天就要來割草，這就是她要的純淨精確，這也是安的音樂影響她的。

「天知道我有多討厭演奏！」

「每次演奏前還是得吃藥嗎？」

「可不是？情緒處在崩潰的邊緣，怪的是一上台就好了！」

「謝謝你，明知道你的狀況還提出這種要求。」

「這是你的生日宴會，我願為你演奏！」她仰著臉笑，美麗的臉在黑夜中如北宋定窯瓷器一般神祕美麗，「我願為你演奏！」這句話多麼動聽一如她的樂音。她知道她們之間僅僅是這樣，強烈的吸引跟情慾無關，就像七里一樣。當年七里從外地轉學來到班上，她那獨樹一格的丰采與笑容與不知迷倒多少人，景連跟她說話的勇氣都沒有，有一次幾個同學到海邊玩，兩人依舊沉默，景望著她戲水的背影想哭，那是怎樣的感情太令人迷亂恐懼了，那天七里有張獨照，臉上布滿髮絲，有股憂鬱的氣息，過沒多久她又轉學不知去向，那張照片夾在日記中，被她書寫再書寫，寫滿兩本日記，現在還收藏在保險箱中，同性中的純愛比異性戀還驚心動魄，更是雋永的。

經過許多年，景結婚孩子念中學，在同學會中見到七里，她嫁給了景的初戀男友，這種巧合令她們打破沉默聊了半個夜晚，這證明她們的品味與氣息多麼相通：

「你不知道，那時的你令人不敢親近。」景說。

「你才不知道，你才高不可攀，長那麼美，家裡又有錢，記得有一次同學到你家玩，你家那麼大，布置就像電影中的富豪家一樣，你就像個小公主被眾人包圍！」

「是啊是啊，我第一次去你家也嚇到了，這可能是我們沒有結果的原因。」她的初戀男友七里的丈夫說。

「原來你們是這樣看我的，我並不覺得我家有錢，或小公主之類的，那只是我爸愛擺排場罷了，我才羨慕你們，功課那麼好又出鋒頭！」原來別人看自己跟自己看別人如此不同，自卑像個蟲洞，誰都想穿越。

「比那個很幼稚耶！」

「就是幼稚害了我們，可誰沒幼稚過呢？」

那晚她們滔滔不絕地聊，才發現七里也有健談的一面，她說因為常轉學老有自卑感，所以更加用功讀書，考上T大法學院，跟景的初戀男友同班，不久成為班對。看到昔日所愛的女人與男人成為一對，真像夢境般離奇，他們的婚姻應該是幸福的，她的七里一點都沒走樣，離開時三個人交疊握手好像某種祕密同盟。她激動地在那晚告訴丈夫這段故事。之後，丈夫時不時就拿這段情誼取笑她，令她發怒，從此與丈夫有了心結。其實丈夫是個粗人，根本不相信女人跟女人有什麼搞頭，頂多是手帕交，不過隨便說說，但景覺得有另一個自我在自己內心深處，不願輕易示人，連安也是吧！

自我是個謎，裡面沒有實相，他人更是。

安跟丈夫會暫居在這個山城，因為丈夫馬可在法國混得沒她好，接了這邊大學法文系的教職，安一直對東方存有幻想，她的初戀情人就是日本人，剛到這山城時，沒什麼朋友，景認識安之後替他們打點一切，又到處宣揚安的琴藝，慢慢地成為這山城最受歡迎的座上貴賓。安不輕易演奏，只穿著超短迷你裙，優雅地吞吐法文就夠了。

她常邀安一起共進午餐與午後，那是她們可以單獨相處的美好時光，尤其是夏日午後，房子嚴重西曬，屋內熱得像蒸籠，這是這豪宅的致命缺點，當時看房子沒看出來，後悔也來不及了。她們躲到開著空調的花廳，裡面種著寒帶花種，牡丹、繡球、鬱金香五彩繽紛，這簡直是自作孽，在刻意營造的天堂花園，無花果樹與牡丹花，在夏日中爭相怒放，空調長年保持低溫，就只差下雪了。無花果很會長蟲，尤其是結果時節，居然也有蒼蠅飛進來，為了除蟲，全家總動員，為什麼要跟自己過不去，只因安法國的老家也有一棵，她常常描述那棵樹：

「我母親對中東很著迷，是真的，她對什麼都著迷，但只有三分鐘熱度，只有中東，我還懷疑她偷偷信仰伊斯蘭教，她堅持院子一定要種一棵無花果樹，那棵樹為我們家帶來巨大的痛苦，每當結果時，我爸爬上木梯，每天摘個不停，因為會招來鳥啊蟲啊蒼蠅，爸爸氣得說：『我一定要砍掉它，一定！』我媽在一邊說：『你不是說熱愛大自然嗎？連一棵樹都不容不了……』」

「你母親愛無花果跟中東有關嗎？」

「跟以色列有關。」

《聖經》好像有一段文字是這麼說的：

早晨回城的時候，他餓了，看見路旁有一棵無花果樹，就走到跟前，在樹上找不著什麼，不過有葉子，就對樹說：從今以後，你永不結果子。那無花果樹就立刻枯乾了。

門徒看見了，便稀奇說：無花果樹怎麼立刻枯乾了呢？

耶穌回答說：我實在告訴你們，你們若有信心，不疑惑，不但能行無花果樹上所行的事，就是對這座山說：你挪開此地，投在海裡！也必成就。

你們禱告，無論求什麼，只要信，就必得著。

有一年她跟著安回法國老家，她父親是建築師，母親是旅遊作家，家在十區的房子外表不起眼，卻有低調的矜貴，房子裡通常是接近滿分的中庭花園，高大的門牆抵擋著一切，門牆那一排房子一律是乳白，推開幾扇大門之後是一個院子，院子幾棵老樹顯得沉靜，一座獨棟現代建築是父親設計的樓中樓，許多木梯子把原來三樓隔成四五層樓，每個房間的門都是開放式的，安的房間懸在三樓三坪大的閣樓，下面可以看到挑高三樓的小客廳，每個角落都有燈，燈下好幾本翻開的書，每個人都光著腳走路，每個房間都很像，奇怪的是睡覺也不關門，景半夜上廁所常跑錯房間，還好不知是哪人睡得熟，好在光著腳也沒人發現，這種開放式的家庭令人覺得是另一種文化震撼。每天晚上在小院子無花果樹下用晚餐，那棵樹爬滿半邊屋子，掌型的大葉頗有異國風情，果實由總花托和其他花器膨大而成，呈倒卵形至梨形，成熟時呈暗紫色，由頂端開裂，果肉質柔軟味甜，略帶微酸，不能說好吃，但安的母親像變魔術般，有時做沙拉有時做焗烤，風味絕佳。

安的母親喜歡用很多蔬菜與小米做北非菜，五顏六色的蔬菜煮得糟爛，加入多種香料，看來很誘人，烤去骨小羊肉也是入口即化，飯後喝薄荷茶，大家喝酒聊天直到深夜，安的母親不但會品嘗美食也很會烹調，簡簡單單的菜弄得極好吃，「食材一定要精挑細選。」安的母親說，她七十歲了還常一個人旅行，安的父親較愛待在家，笑說自己像院子裡面的樹，兩夫婦臨老還收養一個非洲小孩，鼓打得極好，他們無國界的愛像呼吸般自然，養子也很融入其中，生的養的，朋友都一樣親，齊聚一堂，一整天都人來人去，吃喝不斷，少量多餐，談的都是文學、藝術、哲學、旅行，出外大家都騎腳踏車，都很隨性，文化人的生活竟是這麼清簡卻充實。

從巴黎回來遂覺得自家金碧輝煌的豪宅俗不可耐，從此上下整頓，把花園的那整排杜鵑花消滅殆盡，只要樹不要花，只要簡單自然，一掃奢華，但吃的用的一定要有品質，不知怎的她在安的面前就是矮一截，追也追不上。

但安的家真是亂得可以，比巴黎老家還亂，就算請人固定打掃，馬上又亂了，脫下的衣服一件一件扔在地上，可以連成一行足跡，書也是到處丟，也許她的精確都用在音樂上了，景也學過幾年鋼琴，也算音樂發燒迷，但說真的只能聽個大概，是安的演奏讓她知道每個音符在準確的位置，如同敲打心門，那是如何美妙，啊，有什麼比音樂更能引發激情，但安的話少到幾乎沒有，感情也淡到摸不著邊，在一起時，兩人各做各的事，安喜歡閱讀，景就陪她一起讀，讀到餓了，景去做飯，吃飯時通常一堆人來來去去，談的都是吃。只有一次兩人去看電影《時時刻刻》，看完後兩人心情都很沉重，安說：

「三個女人你認同哪個？」

「這我不能說，你一定是維金尼亞・吳爾夫吧？」

「我不確定，都有吧！人不能簡單區分。」

安就是這樣難捉摸的女人，景的答案太明顯也太危險，讓她說不出口，但答案早就寫在她臉上，任誰都讀得出來，她不覺得那有什麼，對她來說那是俗世中聖潔的救贖。

有一天停電，房子熱得待不住，以前山上的溫度比平地少三四度，夏天最熱不過三十度，現在溫室效應飆到三十五度，安提議到她常去的健身中心游泳，兩個人第一次穿這麼少相見，安纖細的身材胸部卻很豐滿，景覺得害羞極了。在spa池裡，景刻意離安遠一點，竹子圍住的一面牆，陽光柔和地灑下金網，安倒很自然，還坐到池邊曬太陽，她那一身白太顯赫了，乳頭殷紅且硬挺，像剛被吸吮過，腦中浮現色情的畫面，景熱極馬上起身沖涼，這太可怕了，她與女人之間只可能是精神的，飛快地穿上衣服，坐在沙發上等安。

安出來時，神色很輕鬆，只說：「好舒服，你不覺得嗎？」

然就在昨夜的長廊，玉蘭花香氣纏綿的花下，安在她的耳邊說：

「我愛你。」

「啊？」

「今天晚上我的心很不平靜，一直想到我的初戀情人，你們對我一樣重要，讓我們逃吧！我想說這句話很久了。」

「逃去哪？」

「下個禮拜我要去日本，也許會住下來，我都跟他說好了。」

「都說好了？」景覺得千斤重擔突然壓在肩上。

「那我得準備一下。」

「明天我們一起吃午餐，再仔細籌畫一下。」

這時屋裡傳來歌聲，渾厚的男低音氣很足地唱著：「天上飄著些微雲，地下吹著些微風，啊啊啊，微風吹動我的頭髮啊，叫我如何不想她？」這不是她丈夫的歌聲嗎？他起碼有二十年沒唱歌了，這時屋內有人喊她們：「快進來聽，男主人給女主人獻唱，太感人了！」

她們回到屋裡，馬上響起熱烈的掌聲，景才想起可不是，這也是慶祝他們結婚二十週年的宴會，她卻在跟另一個女人互訴情衷，看丈夫抱著發福的肚子唱歌，歌聲還是跟以前一樣動人，當初她就是被他的歌聲迷住，那時他們都在合唱團，他是男主唱，她是女中音，因愛唱歌而結的姻緣，現在是最後一首，也是最初一首，這是他們的定情曲，唱得很認真的中年丈夫，讓許多人眼眶泛紅，在某個年代，這首歌是被傳唱最經典的情歌，只是古調只自愛，今人多不彈。

就快離去了才發現丈夫是不差的丈夫，家也不討厭，每一樣小擺飾每個角落都是她親手布置，現在這些快不屬於她了，丈夫唱完，掌聲不斷，大家起鬨：

「熱吻！熱吻！」

「第一百次告白！」

丈夫走過來擁抱她，在她的臉頰親一下，然後對大家說：

「老夫老妻了，這樣就可以，再下去就太肉麻了！」

「那再唱一首安可曲。」大家鼓譟。

「好！那我就再唱一首她以前最喜歡的〈遺忘〉，鍾梅音填的詞，也是她最喜歡的作家。」

他兩手抱在便便大腹前唱：「若我不能遺忘，這纖小軀體，又怎載得起如此沉重負擔？……」

景這下子眼淚忍不住流下，是感動？惆悵？狂喜？迷亂？太複雜了！

那天深夜，景趁丈夫睡著，到書房打開保險箱，其中兩棟在她名下的房子不能拿，歷年來丈夫送她的高價珠寶也得歸還，她最喜歡的藍寶石套飾，鍊子仿《鐵達尼號》中的海洋之星，墜子小多了，但也有十克拉，顏色是最頂級的藍絲絨，那是她三十歲的生日禮物，那時諸事順心，夫妻的感情還像新婚一樣熱烈，她常配戴著這條鍊子散發出作為小女人的幸福，現在這些都快不屬於她了，訕訕地放回去，取出存摺，裡面的存款夠她活下半輩子，但沒有一毛是她賺的，還是不能拿，真正屬於她的就是母親給的陪嫁物，一只很老氣的墨綠玉鐲，還有金項鍊、金鐲子，沉甸甸的，頂多賣個二三十萬，這是她一切所有了，景用手帕包住放進皮包中。

離開丈夫，她將變成赤貧，難道靠安養她，不，她絕不能用她的錢。

走進孩子房中，不知有多久，正處青春期的兒子不准爸媽進他房裡，還開著的電腦螢幕閃亮如霓虹燈，她坐在床前癡癡地看著孩子，熟睡中兒子的臉很孩子氣，才不過多久以前，整天黏著母親的小天使哪裡去了？只要她夜歸，兒子抱著枕頭奔入她懷中，那是作為母親最幸福的日子，母子像戀人一般，一刻也不能分離，然後轉瞬間就像煙花一樣滅了，孩子變成怪裡怪氣，變成整天躲著父母的惡鬼，也嫌棄父母如惡鬼，穿得怪裡怪氣，只在深夜出沒，幸福比嘆息還短，現在她就將與他告別了，就像孩子生氣時常對她大吼：「我恨不得你們消失，沒父沒母更好！」淚水不知幾度流過她的臉頰，幫孩子關掉電腦，輕輕碰一下他的眉眼，她最喜歡孩子三四歲時的眼睛，像上黑釉彩般在黑夜中發亮，她常狂喜到咬牙切齒，心裡喊著「不要長大，永遠像現在一樣！」，母親對孩子的愛永遠是單相思，這些記憶只有母親記得。

女人的青春如此短暫，回想快樂的時光就是初為人母的三五年，感覺孩子與丈夫強烈的需要與愛，然後過了三十五，身材走樣，健康亮紅燈，馬上就要面臨更年期風暴，也許她正在這風暴中，四十四歲了雖然還有月經，但一百朵花已凋了九十朵，一切只有走下坡，她不能接受衰老的事實，最好在衰老前死去。

她從來沒好好想過自己擁有多少，是不是滿足於這些擁有，她的人生不算美滿，但真的不差，如果真要拋掉這一切，她會不會後悔呢？她反反覆覆思想，坐在鋼琴面前直到天亮，這中間有一段時間趴在琴蓋上小睡一下，在睡夢中她依稀又聽見丈夫的歌聲：

若我不能遺忘，這纖小軀體，又怎載得起這沉重憂傷？……隔岸的野火在燒，夜風中星星在搖，我整夜躑躅，只為追尋遺忘，但是我呀，怎能將她遺忘！

她醒來時已經隔天早上九點，丈夫下樓發現她坐在鋼琴前發呆：

「你怎麼了？整晚沒睡還是早起？」

「有睡，算早起吧？」

「我餓了，有東西吃嗎？」

「好，我來做早餐！」

「漂亮的妞，給我來一份美式早餐，兩個蛋加德國香腸。」

景在開放式廚房忙了一會，這廚房經過打通與裝修，總有十坪大，連接大客廳，窗外是一眼看不盡的山蕪綠，客廳與餐廳之間隔著十二人座的長木桌，線條簡單原木上飄著歲月的色澤，這張桌子是從德國老遠運回來的骨董桌，名師設計品，廚房的配備不輸餐廳，這是她最喜歡的空間，在這裡做菜像巫師般充滿靈感，然而這些都將不屬於她了，她的眼睛像被煙熏有點乾痛發淚。做好早餐，只給自己一杯濃縮咖啡，看著丈夫吃得津津有味，她好像沒見過一樣看得發癡：

「你怎麼了？不餓啊，還是你做的早餐好吃，五星級的餐廳都不如你！」

「別亂拍馬屁，我有話跟你說。」

「說啊！今天時間剛好不趕。」丈夫專注地看著她，眼珠子睜得像扣子。

「就……，我要去日本。」

「去啊！你要出國我哪次不讓你去。」

「跟安。」

「哈哈，沒關係，我沒那麼小心眼。」

「真的？如果就這麼不回來呢？」

「你有那麼喜歡日本啊？如果要移民還是加拿大比較好。」

「你不介意我跟安一起出國定居？」

「不可能的，你不久就會回來，我太了解你了！」

景放棄了，跟他永遠說不清，這次一定要讓他明白這不是玩玩的，女女之間也是愛的一種，丈夫出門後，她理好簡單的行李，等一會安就要來了！嗯，她得在她來之前準備好。

上次跟安的短暫出逃只有一天，那天安打電話給她，安在電話中不斷哭泣，她飛快跑過去，但見屋子一片狼藉，連昂貴的骨董都打破了，地上的衣物一件搭一件，幾乎沒有可以行走的空間，安趴在床上哭泣，景一面撿拾衣服一面問：

「怎麼了？」

「他說要離婚！」安蒙臉說話，鼻音很重。

「為什麼？你們不是一直很好嗎？」

「他懷疑我跟小提琴家貞木。」景聽過那個小提琴家的演奏，最近很出鋒頭的國際新星，長得很帥，才二十八歲，以臉孔取勝，琴藝倒還好，她瞧不起這種贗品，長相倒是很吸引人，這麼年輕？連景聽了都要起妒意。

「是真的嗎？」

安坐起來，臉上已無淚跡，神情淡定地說：

「不過是常同台演奏，他常常這樣，我也受不了了，好想回去巴黎，他到這裡完全變一個人，沒自信，他以前不是那樣的。我們出去走走罷！」

景開車帶安一路殺到墾丁，像末路狂花般慌亂，帶著必死的決心，一開幾百公里，好像只有這樣才算出逃。兩人去了海灘，逛了夜市，也在夜店喝酒跳舞，兩個人喝得很醉，一起共舞，慢舞時輕輕相擁，安仰著頭看她，神情就像討糖吃的小女孩，這麼迷人的小東西，到六七十歲還會有人迷戀吹口哨吧？景別過臉去，怕再看會發生令人羞恥的事。那晚在五星級飯店過了一夜，第一次合睡在大床上，安睡得很熟，景根本睡不著，真的要走下去嗎？睡著的安像個嬰兒般無邪，那張臉這麼美，景看著她直至天亮。瞇了一兩個鐘頭，被安起床的動作吵醒，她在床上跳幾下，然後跳到地上說：

「醒了沒？陽光好美！」她拉開窗簾，南國的晨光非常刺眼，安說：

「我想回去。」

「去哪？」

「回家啊！玩夠了！」她說話很簡短，聲音很溫柔，像女神的命令。

一路開車回家，景心裡很迷惘，好不容易那個較像詩人的自己跑出來，又隱身進入黑夜裡。

安的內心她猜不透，她就像是無花果般蔓藤纏繞，亂長一氣，結著誘人的果實，卻永遠理不清頭尾，只招來一堆果蠅蜜蜂。

那天晚上她是認真的，景敢肯定，她們之間有著別人無法取代的感情與默契，只是她自己為何如此慌亂？

安就要來了，她焦躁地在屋內走動，割草機的聲音像壞掉的車拚命發動，令人心煩意亂，強烈的草腥味令人想嘔吐，怎麼這時偏來割草，夏天草長得凶，每個禮拜都得割，她受不了那聲音，想推門出去阻止，走到落地窗前，看見幾個工人正在鋸樹，已有幾棵五葉松倒下，整排都不要了？她不記得鋸樹的事，是她不要的？是她吩咐的？沒人敢動她的花園，近來她的心靈與記憶太混亂了，像泡在水裡的餅，脹大之後崩散，變形、溶解，她正目睹一樁重大的凶殺現場，每當一棵樹倒下，她的心震一下彷彿也遭受鋸斷的痛苦。

不知發呆多久，安推門進來了，她的臉上一絲波紋也無，一貫的冷淡慵懶，讀不出情緒，讓人覺得被拒千里之外，景內心的熱情像房間的燈全暗了。

「今天吃什麼？」

「你想吃什麼。」

「天氣好熱，吃點沙拉不錯。」

「嗯，你昨晚沒睡好？」

「喝了很多酒，好睡多了，連藥都忘了吃！」

「你準備好了嗎？」

「準備什麼？」安用無辜的雙眼看著她。

景看著安那如石膏雕像的臉，覺得自己的臉也漸漸僵硬。

遠處的樹又倒了一棵，不久整排樹都將化為烏有。

——原載二〇一一年六月十五日《中國時報・人間副刊》
榮獲二〇一二年中國《小說界》年度小說

心愛的蘭花孩兒

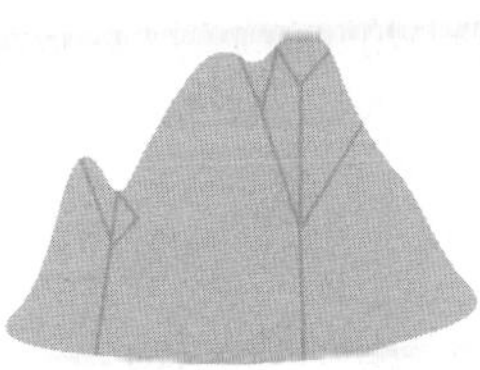

進入網室，李達大通常先清理一下掉落的枯萎花朵，然後澆一點點水，也只能一點點，時令已到仲夏，蘭花的花季已過，這時正是孕育期，新的葉片層層疊疊像鳳梨冠一般，葉片的厚薄多寡，關係著來年的開品，有時初來不起眼的瘦小蝴蝶蘭，隔年抽出三四枝長穗，開出纍纍的花朵，一切的等待都是值得的。

這網室架在後院的一角，雖只有四坪出頭大小，卻栽種著他心愛的蘭花孩兒，自從妻子帶著孩子逃離這個家，這些花栽如同他的孩子，更好的孩子，它們安靜、聖潔、脫俗，而且總是超乎預期地回報你，譬如說那盆報歲蘭，初來時葉片已萎黃，不過是定期澆澆水，修剪、施肥，居然開出絕美的花姿，在蘭展上以脫俗的花品得獎。得不得獎不重要，重要的是這蘭房是他的聖潔之所也是祈禱室，每當晨光灑在蘭房中，被篩過的陽光像神的光輝，令他不自覺默禱：

主啊，你聽見我的祈禱嗎？為這事，我三次求過主，叫這刺離開我。祂對我說：「我的恩典夠你用的，因為我的能力是在人的軟弱上顯得完全。」所以，我更喜歡誇自己的軟弱，好叫基督的能力覆庇我。我為基督的緣故，就以軟弱、凌辱、急難、逼迫、困苦為可喜樂的，因我什麼時候軟弱，什麼時候就剛強了。

天上的主啊，讓我迎接您的光輝，洗去塵世的罪孽，尤其是我的妻子，還在撒旦的魔掌中，祈求您拯救她，也請你拯救我，我的罪孽深重，只有不斷對您祈求，……

從國小校長的崗位上退下來，搬到這山城，他對宗教越來越虔誠，自從妻子帶著兒子逃家後，他的生活表面上沒改變，通常是清晨散步至山城唯一的便利超商前的休閒區買報看報，然後走向山頂的聚會所聽講道，照例他又哭又喊「哈利路亞」，在一片哀號中，他並不顯得特別突出，有些人更激狂，從山頂走回來身心經過一次洗滌，他覺得可以原諒一切，但是每當黃昏到來，他的背脊好似有蟻群在爬，熱癢難過，他就像一列脫軌的火車，斜倒在地，跟這個世界錯位挪移，這種感覺讓他痛苦不安，這時只有拚命翻《聖經》唱聖歌，歌聲欠佳音量洪亮的嗓音，在安靜的山城中家家戶戶都聽得到，他以歌聲驅趕那些在背後譏笑他的眼神。

他那痛苦的歌聲讓人想掩住耳朵，或想去拜託他聲量小些，然而達夫先生畢竟曾是山城中有名望的人，大家都願忍耐他那像有牙齒在咬的歌聲。

妻子的東西大多已清走，衣服、鞋子、包包、書籍，只留下她常穿的那幾件衣服，是在初婚時常穿的長洋裝，年輕的妻留著長直髮，穿長洋裝，是他最喜歡的嫻靜打扮，後來衣服越穿越緊越短，高跟鞋非金即銀色，就是這些腐朽人心的衣物敗壞她，全部燒掉，只有孩子的房間原封不動地存留著，經過十幾年，孩子都已二十好幾，那床太小，玩具也用不著，但他總相信兒子會回來，當兒子看到他如此維護著他的一切，應該會感動吧？

有好幾次偷偷跑去偷看妻子與孩子跟那男人的生活，他們經營的咖啡屋規模小小的，妻子衣著簡樸，長髮披肩，頭上綁著頭巾，穿主婦型的墨綠色圍兜，專心地燒咖啡，男人在一旁幫忙，也是長頭髮披肩也綁一樣的墨綠色圍兜，長得像個女人，兩個人像彼此的複製品，一樣的打扮，好像穿母子裝的母子，那男的比妻子起碼小十歲；原來妻子喜歡娘兒們似的男人，兩個人雖沒交談，但動作彷彿相互呼應般極有默契，假日店內的客人並不多，說明生意並不好，應該會經營不下去吧，想到這裡有點幸災樂禍，內心的妒火讓他想衝過去打人，在一陣閉眼默禱後，悄悄離去。

遠遠望著心愛的女人變成另一個人，感覺很複雜。

認識妻子是在團契，兩人都未滿十八歲，妻子還比他大一歲，剛剛開始約會都是看電影、散步、喝咖啡，他每晚以禱告克制自己的慾望，並告訴她：「我們婚前一定要守貞。」有次散完步，不知不覺走到他住的地方，他邀她進去坐，她說：「太晚了，不要！」他說有東西給她看，拖她進去後不久，他抱著她熱吻，手也在她身上遊走，她推開他說：

「不是說要守貞嗎？」

「我一定會娶你，我們馬上結婚！」

「我們都太小，爸媽不會答應的，尤其是你爸媽，他們對你期望很高，希望你讀研究所。」

「他們也是二十歲結婚啊！」

「那就等二十歲吧！」

「我等不及了！」他過去抱緊她，幾乎是強迫性地達到目的，在黑暗中她的眼淚流到他身上，青春的慾火如此狂暴，像洪水般淹沒一切。

沒多久就懷孕了，兩家的父母不准他們再來往，各自圈禁，尤其他的爸媽為此非常排斥妻子。孩子生下來八年都沒去看，也不照顧他們的生活，他研究所畢業經過家庭革命才結婚，妻子高中沒畢業，為了專心帶孩子沒工作，也因為沒臉見人躲起來，過著不知如何陰暗的日子，但他太年輕了，以為憑自己的意志可以克服一切，事實上幾乎沒為她做什麼，怨恨的種子就是這樣埋下的吧？從那時起他常覺得背脊發熱，像被火烤。兩人見面久久一次，還得排除萬難，見了面還是做愛，好幾次妻子爆怒：

「不要碰我，我恨你！把我推進地獄！」妻子原本溫柔的個性大變。

「我一定會娶你！我保證！」

「我一定不會嫁你，你這自私的偽君子！」

「不要這樣，我也不好受！」

「你知道我跟孩子過什麼樣不見天日的生活，他到現在還沒名字沒戶口。」

「我會求我爸爸讓我們早點結婚。」

結果還是拖了八年，這期間她自殺好幾次，患了憂鬱症，見面就歇斯底里大吵，弄得他不敢去看她，不斷跟家裡嘔氣，或是拚命念書，父親答應只要他考上研究所就結婚，經過八年抗戰，他考上研究所馬上結婚，一家人終於在一起了，妻子對他一直冷冷的，孩子也把他當陌生人，不肯叫爸爸。

這時他看見孩子走出咖啡廳，正當青春叛逆期，抓一頭火燄山，那張臉簡直是他的複刻版，但樣子很張狂，穿著龐克裝跨上改裝的機車快速飆遠。

他想叫住他，才發現自己淚流滿面。

不見痛苦，見了更苦，漸至沒勇氣去看。

還好事業順利，年輕輕就當上國小校長，公務繁忙之餘，迷上蘭花，才知道台灣的蘭迷眾多，台灣的養蘭史悠久，在日據時代就國際知名，尤其是中南部的天氣溫和，有些鄉鎮家家戶戶都養蘭，養出眾多珍稀品種國際知名，品種改良技術良好，可說是蘭花之島。蘭迷們彼此交流，他的蘭房就是蘭友幫忙搭建的，雖然不大，鋁管搭成的棚架十分牢固。從第一次自己培苗，用消毒水罐裝幼苗，那時找不到漂白水稀釋當消毒用，就用酒精替代，打開瓶蓋後，注入三分之一瓶自來水，搖晃瓶子至培養基鬆開後，再將培養基和水倒出來，利用酒精消毒過的夾子輕輕將瓶苗一一挖出來，再用清水逐一清洗小苗上的培養基，將清洗過的小苗擺放在鋪好的報紙跟廚房紙巾上，將水分吸乾，然後陰晾一天。在置物籃裡鋪一層保麗龍，將小苗一株一株用水草包覆好，再將它們全部塞在置物籃裡，這些工作他視為祕密的宗教儀式進行，一點也不馬虎，專注精雕，像在進行生命與宇宙的開創。

這個過程跟孕育小孩一樣複雜，等幼苗一吋吋長大，開出美麗的花朵，那心情跟父母看到兒女出人頭地差不多。蘭迷大多愛花成癡，大家在部落格上彼此交流，他們自己很少露面，像隱藏的經紀人，把自己的蘭花打造成明星，將它們推上國際舞台。

每年台灣的蘭花都奪得許多大獎，達夫養蘭五年也開始得獎，去年他以三株三朵黃色拖鞋蘭獲得國際蘭賽總冠軍，名聲遠揚，許多蘭迷來參觀他的蘭房，出價百萬買他的蘭花，他只是笑笑，誰能用錢買走他的孩子？

養蘭是高雅的興趣，可也是高貴的生意經。

當有一天中午，剛從聚會所回來的達夫看見網室的簡易門鎖被破壞，推門進去蘭花盆歪七八扭，還有幾盆掉落在地上摔碎壓爛，地上一件男人內褲沾著幾根陰毛，連內褲都忘了穿，幾乎可以還原當時激烈狂亂的現場，在整理亂局中邊角有使用過的保險套還殘存著精液，一團擦拭體液的衛生紙，最可恨的是他那幾盆打算參賽的「祕密武器」被摔毀了，長莖折斷，花掉一地，他忿怒驚訝地逃出網室，是誰這麼邪惡，用這種方式毀掉他的神聖之所，他的腦海浮現妻子與陌生的男子裸體交纏在床上，當他破門而入，在垃圾筒中找到用過的保險套，妻子不但沒有羞愧之意，還寒著臉冷視他，撒旦！都是一群撒旦，他馬上報警，在說不清狀況下，警員來到事發現場，一面查看一面問：

「有什麼損失嗎？」

「損失？對我來說這跟滅門沒兩樣。」警員看他的眼神像看瘋子。

「那我們做個筆錄吧！」

「你不會明白這件事對我傷害有多大？」他說話的聲音在顫抖。

「不過是一些花，而且一盆也沒少，現在外面賣不是一盆一百的。」

「那是我打算參賽的花，你知道它身價多少嗎？但這不是重點，算了！我不跟你說。」

「隨便你！」

「我不做筆錄，也不報案了，你請走。」

「你應該換把好一點的鎖。」

警員看了他一眼說了一句，冷冷地走了。

他一面收拾殘局一面想，這蘭房還真是幽會的好所在，雌雄同體的蘭花正進行自體繁殖，那錯亂的根莖，蛇也似地暴露原始狂放的情欲，他可以感受到情人們在這花房的急促的呼吸，雙手與唇像兩頭蛇般纏繞，God！沒有什麼比這淫亂的，怪不得在伊甸園裡，蛇是邪惡撒旦的化身。他的腦海不斷浮現妻子與男人做愛交纏的身體畫面，忿忿地收拾好盆栽，請鎖匠來換鎖，好幾天都不願再看到那些花。

「私人重地，請勿入內。」在網室四周都貼了標語。

達夫雖然沒做筆錄，還是加強這裡的夜間巡邏，老同事給他一條狼犬加上本有的獵犬，這兩個守衛虎虎生風，夠嚇人的。沒幾天抓到一偷花賊，達夫被叫到警局，但見一像街友的中年男子，全身髒臭不堪，沒偷到花，倒是被看門狗咬了一口，小腿受傷，警察做了簡易包紮：

「這是在你蘭房前抓到的，你那兩條狗太猛了，狂吠不已，我們剛好經過，偷雞不著蝕把米！」

「他哪懂得花？一定有人支使。我一直很低調，鎮上沒幾人知道我會養蘭，連教友都不知道，他們一定從哪裡知道我的花值錢。」達夫很肯定地說。

「你的花都這麼值錢？」

「十幾到百萬都有。」

「看不出來！」年輕警員吐了吐舌頭。

「說，有人支使你嗎？進去裡面做筆錄。」另一老警員說，年輕警員早在電腦前打筆錄。

「我什麼都沒偷到，我不做筆錄。」

「你行竊未遂，至少要關半年，抗警，加半年。」

「好好，我作筆錄，真是冤大了，為了兩千元。」

警察查問結果，他原是鎮上在廟口附近的街友，有一天被同是街友的同道叫到廟裡，說偷一盆五千，只要把花從蘭房移出到附近樹林中，相隔只有幾百公尺，先給兩千，他想這麼好賺，就去了蘭房，那兩隻狗一聽有動靜，狂吠不已，一走近馬上被咬，誰主使的不知道，他只間接拿到街友的錢。

警察把另一個街友叫來問，問出那個街友，不過他早已聞風跑走。不久在高雄街頭找到他的屍體，喝酒過多中風死亡，偵查多日成為懸案。

村中的「蘭花大王」小陳來找他參加蘭展，小陳家裡三代養蘭，現在擁有中南部數一數二的蘭花培植廠，在國內是大供應商，也行銷到東南亞與歐洲，愛花的歐洲人與日本人常來參觀他的蘭花培養場。

小陳留著平頭穿 burberry 格子襯衫，開著賓士車十分招搖，他的個性精刁，說話刻薄，常有人請他去品評蘭花，他從沒一句好話：

「花開得多不代表好看，主要是開品，你看那三枝花莖垂頭喪氣，雜亂無章，劣！」

「這盆花留著自己欣賞差不多，參賽就免了。」

他自己有一間私人蘭房，擺著台灣稀有原生種蘭花，光達摩就好幾盆，有人說達摩根本就是他炒作起來的，一盆喊價千萬。

這個花房加了保全與監視器，很少請人進去參觀，只有達夫，他常在附近巡山，找到許多稀有的原生種，插枝剪枝分株的工作一絲不苟，像這種純粹之人，現今少有，養蘭可以是生意經，也可以說是一種修養與品味，什麼樣的人養出什麼樣的花，花品即人品，小陳不欠缺生意，欠缺的是修養與品味，像李達夫這種人才有耐心跟他聊聊：

「今年打算拿哪盆去參賽？」

「甭提了，現在看到蘭花就生氣。」

「怎麼了？」

「不想說。」達夫漲紅臉，隨之想想這樣拒人太甚。

「再過幾天吧！」

「好，那先說我的，今年我的『台灣阿嬤』開得極好，五莖開出上百朵花，量一量，長達一百八十幾公分，像流瀑一樣，嘖嘖，太驚人了！你看我拍的照片，實景更嚇人。」達夫冷冷地看小陳的手機照片，確是開品不凡，但一陣心絞痛讓他別過臉去。

「那不是我找到的原生種嗎？」

「嘿嘿，你有發現的天才，我有培育的天才，所以囉！」

「那應該共同列名吧？」

「我以為你不會計較這些。」

「我在意的是公平。」

「好吧！我知道你的意思，我會付你酬勞的。」事實上這也是達夫現在唯一的收入，他想用這筆錢來打造一間現代化的花房，加上保全，他再也不能承受類似的打擊了。

達夫自退休後加入登山社，說是要征服百岳，主要的目的還是尋找稀有的台灣原生蘭，經他發現的已有十幾種，除了「達摩」，其他以「該隱」一號二號、「多加」一號二號、「馬太」一號二號命名，台灣以蝴蝶蘭為大宗，這陣子以賞葉的國蘭為最熱門，像「達摩」就是在台東山區發現的報歲蘭的一種，一般人只知賞花，賞葉才讓人徹底忘俗，達摩蘭的葉子柔若羽毛，下垂的幅度、品相甚美，達摩蘭，是矮、奇、藝三者俱全的珍品，葉沿鑲著金線，稱為「縞」，花品以縞的顏色分布為品評重點，其珍貴之處貴在它的葉片端自然的突變，在一片片墨綠色的葉片尖端與葉片邊緣一條條滑順的金黃色帶；極少數葉片中間也有這些突變，越多金黃色帶的突變，越為珍貴，有黃金冠、綠豆冠、水晶、中透、殿藝……等不同現象；這種現象無法以人工的方式培植，也不可能用科學的方法養成，這也就是它稀有珍貴的原因了，達夫鑽進這賞蘭的細節中，追求那差分毫就失千里的快感中，每當在山谷中看到原生蘭，如同耶穌在山谷中看到百合，他低頭祈禱讚嘆，那快樂無以言說，小心翼翼取下完整的根莖，放入備好的紙箱中，除了根部要包好，花朵一點也不能壓到，像裱褙師一樣，保持原畫的完整，並凸顯它們的美，這是蘭迷最起碼的工作。

經過多年的磨練，他的直覺越來越強，只要進入山中很少空手而回，「蘭花獵人」的名號也被叫開來，「蘭花大王」小陳負責栽培行銷，如果他是光，達夫就是影，兩個人合作無間。

這次登上北太武，他有預感會找到寶物，年年蘭展都沒缺席，今年也不會例外，他一定能找到更驚人的新品種，在蘭展上搶盡鋒頭。時當新曆十一月，正是多數蘭花結苞的季節，經過特別照顧，到二月蘭展，盛大開放，那是所有蘭迷的嘉年華，他絕不能錯過，這幾年他找到的稀有品種如香蘭、豹紋蘭、姬蝴蝶、綬草、黃花素心……等十幾種，但他偏愛賞葉的國蘭。

國蘭的種類繁多，古人以一莖一花者為蘭，一莖數花者為蕙。現在則依照植物分類學知識，分為春蘭、拜歲蘭、金稜邊、四季蘭、寒蘭、鳳蘭……等多種。

在線藝蘭沒有出現和流行以前，欣賞國蘭一向以純樸無華、清香雅致的花朵為主。尤其珍視其中的白、綠、黃等素色品種。現代人追華麗。如造成台灣和日本蘭界搶購風潮的台灣報歲名蘭「桃姬」為例，即不是素花，而是花瓣上具有桃紅色線紋，顯得特別鮮明嬌豔，因而身價萬倍。

回歸國蘭，這也是達夫帶頭造成的風潮，國蘭素雅，不以花形取勝，以葉形開品香氣取勝，那才是空谷幽蘭，令人忘俗。

這次上山沒斬獲，下山時在小瀑布頂，發現垂如珠鍊的白色蘭花，因距離太遠，一時不能斷定是什麼品種，但直覺告訴他，這絕非凡品，他用登山繩一套，攀上岩壁好不容易靠近些，看清楚那是大蜘蛛蘭，花開成五爪盤龍狀，攀附在樹根上，條狀的花枝比手臂還長，這是他第一次採到大蜘蛛蘭，比想像中還美。

小心翼翼地採下蘭花，用報紙包好放入紙箱中，一路上心跳得很快，這是上天補償他的，他的腦中不斷跑動大蜘蛛蘭的資料，回到家後打開蘭房，這是上次災後第一次進來，因著新斬獲，忘了一切不愉快，把蘭房打掃乾淨，將大蜘蛛蘭固定在約長一百五十公分寬六十公分長條木板上，再用不易腐爛的「番石榴」硬枝條，上上下下種一圈，將它撐起，像一幅浮雕作品，淡綠色的花朵十分雅致，這絕美的花品令人屏息，等到二月花盛開時會更美。

蘭房已經換了新鎖，再過幾天裝監視器保全系統，今年他的作品一定不輸往年，他離開時特別看了鎖，說是三重防盜鎖，花了他好幾千，這下該安全了吧。過了一個多月，接近過年，每枝花開十數朵，長木板上一百多朵花開得像花雨似的，綠蕊黃心，姿態清逸，是的，就取名為「蜘蛛雨」，這動物般的野性美，令人驚嘆！

那天晚上睡得特別熟，醒來時已近中午，有種不妙地預感，令他直奔蘭房，完了，裡面一片狼藉，長木板成為最好的愛的臥席，還翻過來把花壓在底下，他沒勇氣去掀木板，像被車裂般痛入骨肉，歪歪斜斜走出蘭房。

「我就說嘛，光上鎖是沒用的，你那兩條狗只是胖大，有什麼作用？我有兩條軍用犬，借你好了，這樣四條狗，永保安康！」小陳說。

「軍用犬？」

「從軍中退下來的，還是十分凶狠，大狼似的。」

「會咬人嗎？」

「當然，咬死都有可能。」

「那太殘忍了。」

「牠們老了，不至於，嚇嚇人倒是可以。」

自從軍犬入駐，狼犬獵犬退居二線，看到牠們立刻後退，果然體積大沒用，蘭房更是沒人敢接近，現在是安全了，他有凶猛的護衛，那兩條軍犬坐鎮在蘭房口，連他都不敢接近，狗還不認得他，只要他稍有動作，狂吠不已，並露出尖利的牙齒，這哪是狗，簡直是狼。

小陳說每天要餵食生牛肉，一天就要吃掉兩斤，比人還嬌貴，有時拿些殘羹剩飯餵食，牠們看也不看，連聞都懶，這種狗誰養得起啊？不吃就不吃，結果常處在飢餓與躁動中。

這幾天妻子無預警地帶孩子回來，自從出走後失去音訊許久，他費力找尋，長期跟蹤，相信有一天妻子會回心轉意自己回來，人老了跑不動就會回來，現在長久的祈禱與懇求終於發生奇蹟，這個情景他等待十幾年，現在祈求成真就好像夢境一般。

妻子跟兒子正襟危坐在沙發上，與他相對只有幾十公分，孩子已經長成大人，長相像誰說不清，嘟著嘴好像跟誰賭氣，表情拘謹不安，他自己的心跳得好快，以前妻子說過無數次，說他是活在自己的世界不管他人死活，完全無法感知別人的痛苦的自私鬼，現在他要用心感知他們的一切，以後的以後也將如此，只要她肯悔改，肯下跪祈求他的原諒，他願寬大地包容一切，妻子已經老了，體形整個老縮，臉蛋也垮下來，像被鬼抓過似的，還不過多久以前，她有著燦爛的眼睛與笑容，還有精力偷情，現在是個小老太婆了，需要一個真正的家了，那個像女人的小男人拋棄她了吧？她也有這一天，也該體會他這麼多年來遭受的痛苦，他的祈求都被聽見了，他會原諒她的，只要她肯悔改，他等她先開口，等她祈求原諒。她低著頭囁嚅許久才說：

「不好意思，這麼久沒聯繫，早該帶孩子給你看，但工作太忙實在走不開，現在孩子要出國留學了，理應來向你道別。」

「哦？你們要——走，為什麼？」

「我妹妹幫我辦了移民，說老了彼此有照應。」

「我有同意嗎？這不需要我同意嗎？」

「我知道你不會同意的，但我也沒辦法。」

「你們一起去嗎？」

「他先去，我明年再去，先把這裡的事處理完。」說著從包包拿出一份離婚協議書，達夫身體傾斜一下，全身發抖：

「我說過，我絕不會簽，教徒是不准離婚的。」

「你都綁她二十幾年了，再硬拗下去有什麼意思？我們到美國定居，只要在那邊提出離婚就生效，不需要你的同意！我們來只是尊重你，這次是媽硬要來，我才不肯來！」孩子大聲說，他變得不認識了，像另外一個人，強勢的語氣，好像他才是老子。達夫冷冷地說：

「我不同意，我不簽，我不同意，我不簽。」

客廳的空氣變得很凝重，妻子受不了掩面而泣，兒子則抱拳寒著臉，不斷以言語激怒他，達夫走進房間，將一切擋在門外，不肯出房門，他們也不來敲門，就坐在客廳等，直到隔天早上，妻子與兒子都走了，桌上還遺留那份離婚協議書。

達夫現在待在教會的時間越來越長，奉獻也越來越多，傍晚時回家，那金屬重創皮肉車裂的痛苦越來越激烈，每晚的吟唱直到午夜之前，然後昏睡，通常半夜會醒，這時他跪在床前做長長的禱告，有時還能再睡一下，不能睡時，他傾聽蘭房的動靜，有時聽見歡愛時的呻吟，女人的嬌喘，男人的低吼，是幻覺嗎？好像又不是，如果是的話，那後果會怎樣，他不敢想下去，走到蘭房，只看見那兩條狗高高躍起，對他狂吠，露出尖利的牙齒，現在花是安全了，卻連他也不能進蘭房了。

不知修復後的蜘蛛蘭長成什麼樣了。

想著花的容顏，他的心才有平靜喜樂，有時竟浮出一朵笑。

這時在黑暗中看見一個穿綠斗篷的人，「誰？」他大叫一聲，那人馬上不見，為何狗都沒叫，幻覺，一定是幻覺。

那天他睡得很熟，直到早上十點多，被電鈴吵醒，開門見是小陳，幾乎要抱住他說：

「找你都找不到，你那兩條狗太凶猛了，連我都不能進蘭房，已經一個多禮拜了，我看你把牠們帶回去吧！」

「沒辦法，業務太繁忙，去了一趟日本，你確定不要狗了？」

「牠會認主人，太不方便了，你還是帶回去吧！這麼凶猛的狗看得心毛毛的。」

「好吧！那我帶回去了！你自己想辦法。聽說你採到寶貝，讓我養養眼吧？」

「沒問題，一起去。」

兩人邊走邊聊，走到蘭房口，兩隻軍犬見了主人，安安靜靜趴著，打開蘭房，地上躺著一男一女，已被狗咬得全身是傷，躺在地上不知多久，想說話卻聽不清，那對情侶還穿著高中制服，年紀很輕，小陳說：

「糟了！趕快叫救護車！」

李達夫一面打手機一面跑，朝山上的十字架狂奔，這時教堂鐘聲正敲打著。卻沒注意大蜘蛛蘭開得花朵纍纍，像蜘蛛爬滿整個長木板。

——原載二〇一一年七月二十九日《中國時報・人間副刊》

綠斗篷

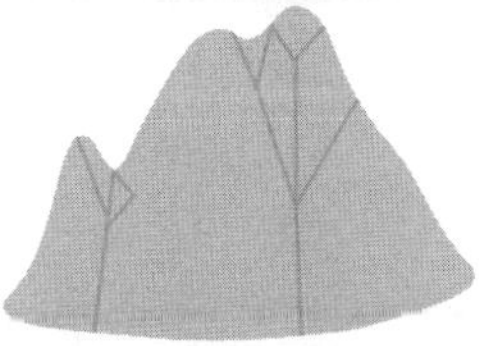

園丁來的時候細雨斜斜，一老一少穿著墨綠色雨衣與雨鞋，羽開門時，看見一中年婦人，滿臉深紋，靜默地笑著，笑得像小丸子；另一個少年長得很稚嫩，笑時嘴歪一邊，有股荒涼的感覺，那雨衣很有歷史，好像是某個時代的軍用雨衣，霉綠色只有糊掉的老照片才有的顏色，還有地圖形漬。奇怪的一對母子，但在這個特殊的早晨，什麼都不奇怪。

「院子要整個鋪韓國草，在那棵梅樹下造一個衣冠塚。」羽搬出裝著母親衣服的玻璃盒，紫色的小洋裝白色高跟鞋，這是母親生前常穿的一套衣服，她死於一場空難，連屍骨都找不到。

園丁母子在雨中工作，在紛紛細雨中，遠遠看去，墨綠色的雨衣身影，兩個人的動作如有韻律，那雨衣人如同會走動的銅像，從紀錄片走出，中古世紀的挖墳人或者納粹黨人的大衣，羽覺得背脊發冷。

——母親的死亡飛行之前，母女還為要不要去鬧好一陣子彆扭，母親生氣說：

「我不去了，行吧？」然後跑到屋外的院子草地上發呆，兩手摀著臉，羽以為她在哭，遠遠地叫：「去吧！開心地去吧！」母親的臉緩緩抬起，滿臉茫然不知看向何方。

人的行動是盲目的還是冥冥中註定，人一直往外跑，到底要跑向哪裡呢？

沿著山上的綠蔭大道，兩邊都是有深深院落的老式洋房，團團簇簇的花朵伸到牆外，鳥叫蟲鳴，好一片夢幻伊甸園。

也是這樣，羽在這裡衝動地買下這棟舊房子，光院子就有一百坪，房子上下兩層約五十坪，兩千多萬，自備款七百萬，拚上所有身家，才三十幾就可以隱退山林，這得感謝她有個富爸爸，當初急著購屋成立陶藝工作室，市區房子看得上眼的都要三、四千萬，只不過要一個有綠意的陽台或小院子，在市區這是奢侈又昂貴的夢想。

直到偶然上山度假，看到這棟石塊砌成的老洋房和深深院落，她就失了魂，走在荒蕪的院落中，她想到母親只有一個靈位，有了這個院子，可以為她立個塚，這是個使命，得由她來完成。也不管這裡交通不便，反正她燒陶，遲早要有自己的窯，又有車，離市區遠一點也無妨，她為自己編造許多理由。

連男朋友阿比都反對，本來就覺得齊大非偶，羽年紀比他大五歲，比他有錢，比他先有車，現在又住這麼高，這麼遠，更加高不可攀，兩個人冷戰一、兩個月了，連個簡訊也沒有。

記得最後一次見面，羽辦好一切手續，小心翼翼地告訴他，他回說：「你ＯＫ，我就ＯＫ。」

「真的ＯＫ？」羽討厭他明明幼稚裝沉穩的樣子。

「你每次都決定好才告訴我不是嗎？」

「就就就……」

「就故意的吧？搬那麼遠，我騎機車也要三、四個鐘頭，想分手就說嘛！」

「又來了，你這豬脾氣，要分手還要花兩千多萬，頭殼壞掉！」

「頭殼壞掉的是你，一個單身女子住在深山裡，搞屁啊。」

「又是單身女子，單身女子不是人嗎？我做陶藝，那裡要自己開窯，或請人燒都方便，這是遲早的事。」

「你在那邊住不到三天就會回來，我敢打賭。」

「不至於。」

「反正你去住那邊，我不會去找你，太麻煩了！」

「你說的。」

「我說的。」

當初就不應該在一起，不良情人一個，慣性劈腿慣性失聯，羽連問都懶得問，問了更沒自尊。在一起三年，老了起碼十歲。都說現在女大男小不是問題，愛情怎會沒問題。她沒要小的，就是遇上了，像空難一樣逃也逃不掉。

種種不利的理由都阻擋不了她，什麼單身女子不適合在山裡獨居，洗頭不便、約會不便、擇偶不便、逛街不便、蚊子多（這算什麼理由？）、有毒蛇（這還差不多，她是怕蛇），反正她是吃了秤砣鐵了心。

院子裡那對母子很沉默，幾乎不對談，卻極有默契，一個拿著鋤頭鋤草，一個撒培養土，有時少年附在母親耳邊低語，原來她幾乎聽不見，他們好像不屬於這世界，從心靈的一角剪下來的。中午，雨停了，他們坐在梅樹下吃自己帶來的便當，母親的飯粒掉落身上，少年幫她一個一個撿起，多親的一對母子，這畫面有點奇異，看久了彷彿她也在其中：

他拍落母親身上的飯粒　她拍落母親身上的灰塵；
他遞飯糰給母親　她為母親夾菜；
母親像他的孩子。

——母親像她的孩子。母親是個怕做決定的人，這逼使羽很小就很果斷，母親穿什麼吃什麼都是她在安排，她幫母親挑衣服、化妝、梳頭，現在手指頭彷彿還有餘溫。母親走了，她也失業了，做女兒是個很專業的工作，跟做母親一樣，乍然失業，這三年來做什麼事都歪七扭八，一個不對引來更多的不對，再過幾天就是母親忌日，過世已快滿三年，那撕裂感還存在，好像她一直分擔母親的痛楚，在幾萬公尺的高空解體，魂魄也會解體罷。

草坪下午就會鋪好，明天將挖墳。

才搬進來就有郵件，百貨公司的廣告DM還真是無遠弗屆，真不愧購物女王的名號，以前住市區，鄰近百貨公司，吃飯常在地下街解決，常常吃一百多，提雙一萬多的鞋子或一件也是一萬多的衣服回來，有時週年慶更可怕，從臉上擦的到腳上穿的，一刷出去殺無赦，十萬跑不掉，朋友笑她是拉長線被釣大魚，她也覺得困擾，對於一個衝動型消費者，最明智的辦法就是搬離百貨公司。

另有一些郵件是前主人，還有一封不具名也無地址的信，收信人是她沒錯，打開時掉出一張不堪入目的色情照，巨乳女人被五花大綁，嘴裡還塞著東西，照片還用紅筆寫著「插死你！」她覺得想吐又好笑，這大概是那些附近的住戶幹的好事，欺負年輕女住戶，又是新來的單身女人，年輕人的幼稚行徑，要是以前她會害怕，但她在商場打混十幾年，也經過一些風浪，嚇不了她。

門鈴響，還是老式的叮咚叮咚，一開門看見一個狗臉中年婦人手上端著一塊粿類，眼珠溜溜地轉，很像她以前養的博美狗，現在養的阿富汗，像雷達似地叫囂：

「富米，不要吵，坐好，乖！」羽喝止，富米馬上轉為低嚎。

「唉呀！你這狗真有家教，我住隔壁，以後多指教！」

「真不好意思，應該我先登門拜訪，送一點吃的，我會做法式餅乾，但今天是第一天，實在是太多事，以後也請你多照應。要不要進來坐？屋子亂歸亂，你不嫌棄吧？」

「不坐不坐，你剛來一定忙不過來，改天改天，你還習慣吧？」

「還不知道，不過這附近的人不好惹吧？」

「豈止是不好惹，因為空屋很多，前陣子還發生綁票勒贖案，三百萬，還有三十萬的，這景氣不好，連綁票價格也慘跌；還有強姦分屍……」

「那些大學生怎樣？」羽不想聽，轉移目標，又來了，真可謂舊鄰壓新鄰，知道她是單身女人，恨不得一口吃掉她。

「還不是一堆小毛頭，常吵通宵，打麻將，轟趴，像野獸一樣，聽說還吃那個，怎樣？他們來亂？」

「沒有，只是了解。」並故意露出疲倦的樣子，不停打蚊子。

「你忙，改天到我家坐，一定哦！」

羽吐了一口氣開始拆行李，大大小小三十幾件，要什麼時候才理完，如果阿比在就好了，走上走下好大的宅院，好不容易拚到有這份家業，卻沒人跟你同享，有什麼意義呢？如果她是男人，情況可能不同，也許會有個太太，替她整理家務，要不會有許多女人來陪她，常常輪替。然而現在有錢的老單身漢也很多，她能了解那種寂寞，不是有沒有伴的問題，而是現代多怪人，大家都難相處，怪人跟怪人在一起只有更怪。她在阿比的眼中也是怪咖罷，好好的保全大樓不住，跑到這深山野地，那是怎樣的彆扭有誰明白，阿比也是怪咖，無業遊民，專業打球和做愛，最不愛說話。一時衝動，給阿比傳個短訊：「來山上陪我好嗎？」

本來想加上「我養你」，這樣只有反效果，就算是小男人，就算被養，也只能做，不能說。

黑貓寄來幾件宅急便，有兩件是自己寄給自己，搬家前回老家，看到過世母親最愛的德國製大型咕咕鐘，向父親要來當紀念品，每當咕咕鐘響，母親轉頭看或中途止步的神情，好像那聲響中有什麼奧義，或竟喃喃自語。父親慣性外遇，讓母親變得更加膽小猶豫。

「怎麼辦？怎麼辦？」常掛在嘴上，她丟三落四的毛病更嚴重了，忘了帶鑰匙、拿別人的傘回家、付了錢東西忘了帶，失魂落魄的母親總是滿臉驚慌，那張臉一直在記憶中放大。羽把鐘掛在客廳最明顯的位置，調好幾次才滿意。

另一件宅急便是自己最近的作品，仿汝釉之天青霞影與開片，但開的片看來快裂開，其實沒裂，有點脫皮的感覺，命名為「破」，取破格而出，也有裂開的意思，這作品蘊藏著她最近的心思。有兩件是朋友合送的水晶燈和繡花床單，說是最適合「鬼屋」，這些人一個比一個毒舌。現在的宅急便真方便，什麼都能寄，以後恐怕連人都可快遞；有一件是阿比的，打開看是一雙 Nike 球鞋，這是她送給阿比的第一件生日禮物，是麥可・喬登的限量球鞋，他捨不得穿，還是新的。退回這雙鞋的意思很明顯，就是分手還東西，這幼稚鬼，又不是小學生，裡面有張紙條，寫著「兩天」，是說限她兩天下山，還是他們的愛情剩下兩天期限？反正都一樣的意思，想逼她下山，這算在意她嗎？她不曉得他這麼在意她，但她不要恐怖情人，心裡亂糟糟的，無心無緒地整理衣物。

整一整又看著阿比的紙條跟球鞋發呆，跟阿比認識就在球場上，那時她住台大附近，假日固定到台大打網球，隔壁就是籃球場，大家瞄來瞄去，她覺得阿比打球很帥，長瀏海甩啊甩的，她喜歡運動型的男人，阿比則迷上她的豐胸和美腿，兩個人都很官能，阿比話很少，從沒說過喜歡不喜歡愛不愛的話，他們能在一起三年，因為對彼此還有神祕感，不知對方想什麼，所以心靈的部分還沒真正開始，也許阿比根本沒什麼心靈，跟一顆籃球一樣空。他從不寫信給她，沒想到收到的第一封信，竟是最後通牒，只有兩個字。

「小姐，我們要收工了，草皮鋪好了。你要看看嗎？」小園丁出現在廚房窗口。

「噢，好。」

她從沒見過這麼美的草坪，翠綠甜美彷彿流著蜜汁，只有在塔可夫斯基的電影才能見到的草地，在他的自傳電影《鏡子》中，母親穿著素雅的長洋裝，優雅地坐在柵欄上吸著菸，眼前是一望無際的草原，母親與草原有什麼關聯？是生命還是死亡還是自由？也許都是。在片中一名中年的男醫生走錯路穿越黑森林，來到母親面前問路，並向她要了一根菸。在點菸時，兩人的身影幾乎重疊在一起。母親不時的回頭觀看主角——孩時的他躺在吊床上半睡半醒地觀看，孩童會監視母親的一切，他們是母親的良知，卻不知捆綁她們的欲望與自由。不久，這名友善的男子拎起公事包轉身離去，當他走在一大片的蕎麥田上時，忽然連續兩次吹來一陣神祕的風，整片草原成了綠色的波浪之海。男子停下轉身與「母親」遙遙對看，終究離去，想逃逸的母親知道逃不出孩子的監視，原來草原的自由幻想是虛假的，草原只是逃逸的出口。當「母親」看著緩緩離去的男子身影，父親的詩緩緩地被朗誦出來：

「Mint carpeted our way bird escorted us... and fish swam upstream while the sky spread out before us as fate followed in our wake like a madman brandishing a razor.」，父母親的

感情變調，母親變得失魂落魄，那片草原好像滴著淚飄著風的綠色幽靈。後來男孩也到了中年，妻子問他：「你記得天使在燃燒的灌木叢中向誰顯現嗎？」他回答說是摩西，妻子又問：「為何從沒有這樣的事情對我顯現？」

羽想著從來只有死亡向她顯現，從無天使或恩典，哪怕是靈異或第六感也好，她一連串奇怪的行徑，只是因為在期待什麼顯現嗎？

這對園丁母子不僅有綠手指，還施了什麼魔法？在草地的邊界植了一排七里香，還做了竹圍籬，好古典的手法。他不僅創造了一個草原，還創造了一個十九世紀的夢境，那微有坡度的草原看來憂傷甜美，像畫中跛足的克莉絲丁臥倒的那個草原，從遠處遙望自己的家，卻永遠走不到。

「明天就要挖墳。」

「嗯！」

「明天見。」

這對穿雨衣雨鞋的母子，離去後雨停了。

天色漸黑，山上天黑得早，才四、五點呢，雨停了，剛貼上的草皮像補丁一樣，一塊塊浮著，聽說要半年根才深入，那才是會活的草皮，現在是假草皮，應該說是準草皮。

她看著園丁離去，真的只剩下她一人，快步跑上樓，把所有的燈都打開，明天請人來裝燈，後天請人來打掃房子，能捱過這幾天，就算定居了吧。

電視聲在山裡變得很奇怪，在一片蟲叫聲中，電視中人的聲音過度誇張也過度尖銳，這些都離她很遙遠，過去的事更遙遠，開著電視睡覺更是奇怪，她作了一個彩色的夢，有彩虹和白色翅膀的天使。半夜醒來，好像聽到什麼聲響，是有老鼠在櫃子裡賽跑，山上在夜裡才熱鬧，山羌在樹梢上張望，毒蛇出沒，大蜥蜴成群結隊，貓頭鷹眼睛射出精光，她不敢張開眼，卻好像什麼都看到了，這山上充滿凶險野性，天堂樂園只是表象，不知躺了多久模糊睡去。

第二天醒來，天才濛濛亮，征服第一天，她對自己說：「勝利！甘八爹！」聲音有回音，而且大得驚人，在寬廣的空屋，會不自覺提高聲量，扯著喉嚨講話，然後嚇到自己。

剛鋪好的草還浮浮的，漂亮極了，可能是是招妒，上面有車輪輾過的痕跡，連草皮都移位，有的還翻起，這算什麼歡迎儀式，看來她有不好惹的鄰居。這一帶的別墅蓋得都相當豪華，以前是有錢人的住宅區，後來漸漸沒落，有錢人紛紛住進有保全的精品大樓，這裡有的不是荒廢，就是經營民宿，還有幾戶分租給學生與建築工人。

走出陽台，另一邊的草地也被車輪壓得面目全非，她憤怒地大叫，拿出數位相機拍照，準備報警，但要有現場證據，今天整理好草地，那些人晚上又會來吧！她等著。

園丁來的時候還是穿著雨鞋還有雨衣，今天沒下雨，是預料會下雨吧，天還是陰陰的，他們好像沒事般把草皮復原，好像這一切很自然，她說：「ㄟ，隨便整一整就好，起碼有兩台機車輾過，你都沒發覺嗎？今天弄好，晚上他們又來了。」

「總是這樣，草皮太美了，誰都想踩它一下。」

「我準備報警，這樣什麼時候才會完工呢。」天啊，山上蚊子真多，她穿著長洋裝，小腿還是密密麻麻的紅豆，奇癢。

「會完工的，今天就挖墳。」

少年在婦人耳朵邊說了好一陣，他們便開始動工，雨又開始下了，怪不得他們要穿雨衣，這樣可以防蚊兼防雨霧。

如果有個園丁天天來也不錯，該死，才一天就投降了，不行，她不能被打敗。走進浴室準備盥洗，浴缸有什麼東西在蠕動，頭抬得高高的。

「啊啊啊，救命！」她的腳好像被黏住，動不了，只有大聲呼救。

「怎麼了，是錦蛇，不是毒蛇，不用怕，我來！」小園丁一把拉著羽走到院子，她嚇傻了，他去砍了一枝竹子，飛快地衝進屋裡，不久竹子上纏繞著蛇，放到山溝那邊讓牠遠離。

在這裡生活，不要說她，連阿比也沒辦法，要像園丁那樣的人才能生存，以前的住戶不知是如何度過的，富豪的別墅生活看來並不美妙，古人呢，那些園林難道會沒蛇，沒群獸亂舞嗎？可能是家丁多，像她這樣是有點愚勇了，但她不能輕易退縮，才一天，好漫長的一天。

黑貓送來阿比的第二個包裹，打開一看是阿比的手機，還是她送他的，兩個人手機一模一樣，只有顏色不同，她的是紅的，他的是黑的，打開手機還有電，裡面儲存了她的簡訊與留言，還有幾張她與阿比的合拍，阿比的一個人自拍，還有其他女人的合拍，手機是最爛的記憶保存器，是真正的鏡花水月，只要沒電就會像幻影消失，只要丟掉這支手機，他們的愛情便無從追憶。

她翻看自己的簡訊，都很短，而且像指令：

「今天到哪裡吃？師大好嗎？」

「晚上公館見。」

「十二點華納威秀見，片子你決定。」

阿比的較長，都是白癡的自言自語：

——什麼地方天天下雨？限五秒回答。

「答案是地球村美日語。」

最後一封簡訊是阿比從另一支手機傳的，是給她的：「我不上去，你回來。」

羽有點動心，但她討厭他用這種方式逼她，越逼她越倔強。這房子自從發現有蛇，她不敢進去，坐在花園裡發呆，一面打蚊子，一面抓癢，姿勢還真是像猴子，園丁的聲音從草原那邊傳來：「你不用怕，這房子太久沒人住才這樣，明天我拿石灰來撒在房子四周，院子裡要裝夜燈，舊的東西都不要，浴室太舊也太暗，要重新改裝，蛇怕高溫明亮。」小園丁好像有讀心術一樣，說一些建議讓她放心。

「好，明天來改裝浴室。」

「不知以前的人都怎麼過的。」

「習慣就好，山裡都會有蛇的。」

「我快沒辦法熬下去，很想逃出去。明天墳做好搞不好就棄屋而逃。」

「都市人當然沒辦法，但蛇也怕人啊，只要不進去房子裡，各不相犯就好，住在山上，就得順從自然法則。人蛇相殘，死得最多的是蛇，我見過整窩蛇被燒死捅死，或被怪手壓爛。人比蛇可怕。」

「你幾歲？說話這麼老氣？」

「十九，這跟年齡無關。」

打了幾個電話，下午工人就來施工，雖然要花大筆錢，但非做不可，工程要兩天，住山上的代價很高，希望她付得起。

「墳挖好了，你要來看一下嗎？」

梅樹下挖了一個長寬約五尺的大窟窿，旁邊有一些骨骸，堆得像個小山。

「那是什麼？人的骨頭？」她退後好幾步，遠遠看著。

「都是動物的骨頭，有狗也有貓，這棵老梅樹是好風水，至少有三十年樹齡，葬了好多隻貓狗，把樹養得這麼高大，待會再為牠們挖個墓。」

這棵老梅高八尺，廣十尺，往橫長得像座屏風，比國畫中的梅樹還姿態橫逸，蒼勁古意，誰知道是個墳場，她想到以前那些主人在這裡葬愛貓愛狗的情景，羽好像接收他們所有的悲哀，一時難忍落淚。

「把盒子拿過來吧！」小園丁說。

當玻璃棺落葬，如果你曾經親手埋葬自己所愛的人，生命會因此暫時停頓，彷彿向上帝偷取時間，讓你獨占那片刻。園丁好像做過許多次一樣熟悉，他是否也埋葬過自己所愛的人，而將愛以另一種形式保存下來，而且傳給了她？羽覺得渾身一股暖流，不知來自前人或者來者或者異次元空間，原來愛是用這種方式保存著，永不腐朽，現在母親可以在這片草原自由奔跑了，以前都是她替母親做決定，包括母親的死前旅行，死後的埋葬，從現在開始，她要放母親自由，展開她自己的旅程。她心中默念著《鏡子》中的另一段詩：

Child, fret not over poor Eurydice
but drive your copper hoop through life while in response to every step you hear earth reply
Merry is its voice, and dry.

泥土掩埋好，園丁在上面安上大石板，然後把墓碑立好，小小的墓碑有母親的名字和照片，立碑人只刻她，沒刻父親的名字，父親是佛教徒，相信一切歸於空無，她不信宗教，更不信空無。

三年來的心願終於完成，她在塚前合十禮拜，結束後對大地一鞠躬，又對園丁一鞠躬。

「聽說臨終的人，會突然清醒下地對土地跪拜，這是『謝土』，也就是跟土地告別。你在替母親辭土也辭人。」小園丁悠悠地說。

「你一直是知道的嗎？」

「我也是人。」

不，他是天使，梅樹下顯現的天使。

園丁母子穿著雨鞋離去了，雨愈下愈大，令人暈眩的豪雨。

又剩下她一人，今天是沒辦法洗澡，漫漫長夜如何度過呢？以前的屋主現在會做什麼？

吃飯、聊天、喝茶、看電視？沒電視的時代做什麼呢？看書、寫信、讀信？看書現在沒辦法，不如上網給阿比發個信：

搬上來快兩天，覺得有兩年那般長，我也很懷疑自己是否能住下來，隨時都想逃下山。

人被都市馴化之後，離自然太遠了，我總是過度高估自己，包括我們之間。

我相信我們之間必然有些什麼。

我比我想像的想念你，我想你是不會如此想我，在一起三年從來無約束，自然也無確定、無未來。當初買這個房子，真正的夢想是我們一起住在山上，跟一般的情侶或夫妻一樣，當然那只是我自私的想法。

母親過世、父親再娶，我早已放棄「家」這個想法，但阿比，你是第一個讓我想到「家」的男人。

這是一封不會寄出的信，寫完後存進文件夾，這時窗外傳來機車與人聲呼嘯的聲音，走到窗口一看嚇呆了，在大雨中三輛機車五個飆仔，在剛鋪好的草皮上尬車，還把墓碑撞倒，他們怎麼進來的都不知道。她快速拿出相機拍到幾張，緊張憤怒到手發抖，黑暗中他們的臉照不清楚，但車號很清楚，還好花園裝了感應燈，這時黑暗中出現一個綠影子，是穿著雨衣雨鞋的小園丁，燈打在他身上，臉色慘白，看來像鬼又像雨衣怪客，飆仔大聲叫：

「鬼啊！有鬼！快跑！」一群人落荒而逃。

她像瘋了一樣飛奔至母親的墓前，抱著墓碑發抖流淚。

「他們不會再來了，惡人無膽。」

「你怎麼又回來了？」

「我一直沒走，他們一定會再來，我要保護草皮，如果給他們一些警告更好，我的武器都還沒出手呢，你看我正要準備噴水，他們就嚇跑了。要我跟你去報警嗎？」

「好！」

羽開著車往最近的警察局，覺得自己憤怒的臉快成石像，以致在警察面前講不出話來，胖胖的警員像三天沒睡覺一樣眼圈發烏，打呵欠，做筆錄時不斷開玩笑：「你說，他們連續來了兩次，你才來兩天？你都看見了？你確定他們不是認識的？有些飆仔就愛耍帥。」

「之前沒看見，今天拍到了，有車號。」羽把相機中的照片調出，胖警察看了看照片，交給另一個警員查機車資料。

「你一個女人家，一個人住山上？」

「這也要做筆錄嗎？」

「當然，這不尋常。落單的女生容易招人欺負，這你懂吧？」

「你是說這是我的錯？」

「這是人性。他是誰？」

「——園丁，他也在現場。」

「你最好叫園丁留下來，太危險了。這幾天有颱風過境，你們要小心，最好下山躲一躲。」

離開警局時，羽滿臉淚，好像她是被審的犯人，這是什麼世界，她要不要下山呢？明天就是最後期限。

雨越下越大，從沒見過這麼大的雨，無意識地開車往山下走，快接近山腳時，她迴車，加速上山。在一旁沉默的園丁說：「搞不好很快就會抓到，不想知道是誰嗎？」

「沒有他們，還有別人，這裡不歡迎單身女人。」

「是不歡迎軟弱的人。」

「你是說我要強硬一點。」

「起碼不要自己打敗自己，明天我幫你修復草地跟墳。」

「你願意留下來成為固定的園丁嗎？」

「我不做固定的，因為我很貴。」園丁難得俏皮一笑。

還沒到家，滾滾黃流與落石擋住去路，連續豪雨造成土石流與坍方，上山下山開車都很危險，羽想到她的草皮與房子，會不會也在洪流之中：「怎麼辦？」

「下山，我帶你走便道，沒多遠，車子先停在安全的地方。」

園丁帶著羽走林中小徑，大水挾帶著土從山頂快速滑落，山洪爆發，先發出「嗚、嗚」響聲，接著就像原子彈爆炸，兩聲巨響後，整座山「噴」發開來，範圍快速擴大還發出野獸般的吼叫，原來山的分解也會痛苦露出猙獰的面貌，像是千鬼萬魂叫著索命一樣。這種畫面只有在電視或電影中見過，這是什麼世界，又回到天地玄黃宇宙洪荒，黑暗中只有園丁的小手電筒照路，拉住他的手好幾次滑掉，路實在太滑，她穿的皮底便鞋根本無法行走，連跌幾次，一陣大水當頭湧來，她一鬆手，心中暗叫完了就滑落山坡，被捲進土石流中，那瞬間羽覺得被拋出外太空，呼吸困難，身體變得輕盈，在水波中她先是拚命掙扎後來放棄，想著就這樣死去也不錯，她的腦子從來沒這麼清醒，好像這才是她多年來找尋的答案，原來死亡就是這種感覺，她終於知道，被拋到另一個世界的感覺並不痛苦，感覺更集中專注，人一生能專注的大概只有此刻。在漸漸失去意識中，她的手被抓住，整個人好像破麻袋一樣被拖走。

「你差點死掉，你知道嗎？還好卡在兩棵樹間。」園丁說。

「死了也好，我以為我已經死掉。」

「你並不想死，因為你的手緊緊抓住樹枝，如果不是這樣，你早就被沖到山谷下，你很強。」

「是嗎？」

回到警局，兩個渾身是泥，胖警員說：「你們去了一趟地獄嗎？這幾年這山裡只要下大雨就坍方土石流，我們也要出去出任務了，你們自便。」

兩人清洗一陣，就在警局過了一夜，警察都出去清路面救災，清洗好包著大毯子，園丁問羽：「還要下山嗎？」

「想，怕，但暫時不要。」

「住在山上就是這樣，不久你會變好的。」

「這也太誇張了，沒一刻安寧。」

「你是倒楣一些，初來乍到的恩賜罷！但我碰過更誇張的，走山、滅村、遷村、活埋……都在一瞬間，山民很苦，但住慣山裡，下山更苦。」

「為什麼？」

「空空的，大家都是空空的，我寧願在山裡跟貓頭鷹說話。」

快天亮時路才通，雨停了水也退了，兩人開車回到家，還好只有院子小積水，房子地勢好，蓋得也夠堅固，房子裡面很潮濕，家具蒙上一層蒼色的灰，羽用手抹一下，黏的，是發霉，黴菌快速占領房子。

園丁回去休息，羽累壞了先睡一覺再說，她在床上輾轉反側，想著園丁的話，她並不想死，而且是強硬地想活下去，她的嬌弱依附都是假的，人要被逼到極限才會現出原形嗎？還是只是求生本能？

快中午時起床，園丁已經來了，她換上寬鬆的舊牛仔褲，連帽短風衣，戴上手套，穿上雨鞋，只差沒配把槍，加入園丁的工作，不再躲在高樓上，穿著小洋裝躲蚊子。小園丁看她一眼沒說什麼，耳聾的母親想搶下她的鋤頭，羽笑笑搖手，母親笑得像嬰兒，母親都是一樣的嗎？羽有點錯亂。

她要親手為母親再造一個碑，對小園丁說：「原來的碑不要了，只要一個大石頭就夠，反正只是象徵。」她到山溝的對面去找更大的石頭，看到一顆瘦長形的石頭，總有十公斤，去除汙泥後，抱起來腰都挺不直，還好，不過兩包米的重量，想到這裡蠻力大增，這時草叢那邊遊來一頭眼鏡蛇，這次看得很清楚，扁平的三角頭還吐著蛇信，她不知是嚇呆還是本能，很想把石頭砸向蛇，但她做不到只好定住，蛇就在離腳十幾公分處遊走了，蛇一離開，她腿軟蹲坐地上，這只是好運吧，不可能是真的。

「你不攻擊牠是對的。」

「我嚇呆了，根本沒有攻擊的能力。」

「換上我備用的雨衣吧，行動更方便些。」

「它的材質很特別。」

「也沒什麼？就是輕，防風又防水，登山用的，也是我的戰袍，我父親留下的，他是讀森林的，在林場工作中跌死在山谷。」

「對不起。」

「沒關係，誰的家裡沒有躺一個或死一個？」

「是啊！」

「我的父親很愛他的工作，從小我在林場中長大，簡陋的山屋中，常有雲霧包園，夜裡好冷，但一家人像一個人不可分，父親死了，我們只有下山，我不知要做什麼，就種種花草，父親很會做也很會教，他走後，我只是三分之一的人。」

「會走出的，慢慢的。」羽心想我曾經是三分之一的人。

羽換上綠色雨衣，果然很輕，行動更輕鬆，清除落葉與斷木，光是這些就三車，然後是整理草皮，經過水的沖刷，草皮移位，需要整容。羽做得很有勁，原來做這些工作很有樂趣，就像回到小時候在草地上遊玩與探險，與大自然直面相見，它會給你種種挑戰，人在當中學習應變。三個人整理好庭院重新立墓碑，一切從頭來，整理好後三個人同時靜默，像時針一樣朝著石碑，這個無字碑就像個很平常的大石頭，也許這樣就不被發現也不被破壞，就像以前那些貓狗的墳。園丁在梅樹的另一頭分別挖了兩個墳，也是用石頭做記號。

羽面對大顆大石頭，先是低泣後來轉為哭嚎，三年前母親的葬禮她沒掉一滴眼淚，安塔位時也沒感覺，積壓在心中的情緒一時爆發，這意味著她得真正承認母親的死。園丁靜默地看著她，直到她轉為平靜，拍拍她的肩頭說：

「工作差不多了，我們也該走了！」

「你們下一個工作在哪裡？」

「哪裡需要我們，我們就去哪裡。」

「如果他們再來呢？」

「不會來了，現在你可以嚇人了。」

「是嗎？」

警察打電話來說抓到兩個嫌疑犯，要她去指認，沒想到現在警察辦案這麼有效率，她一個人開車到警察局，披頭散髮又是一身全白，一進偵查室，但見兩個十六、七歲理龐克頭、掛鼻環的小男生，正驚恐地看著她：「鬼──」

她回頭看，難道園丁跟在她後面，還是她長得像鬼？

「怎樣？招認了吧？」

「是我們幹的，那個鬼屋是平常我們聚會的地方，聽說有人搬進來，又是一個人住，就想去亂，沒想到真的有鬼，我們沒幹什麼壞事，就是在草地上尬車，平常我們也常在那裡玩，那是我們的地盤。」

「你們侵入私宅，毀損財物，破壞祖墳，這罪辦起來可不小，看被害人要不要告。」

「告死他們！」羽大吼。

「原來不是鬼，是母老虎。」

她看著這兩個小龐克，原來只不過是如此，不是這地方排斥她，想像的永遠比真實可畏。

「我保留追訴權。如果再來絕不饒恕。」羽指著他們說。

從警局回來已天黑，園丁回去了，明天他們會往哪裡去呢？他們像蠱師一樣，將致命的蠱釋放，讓大地恢復秩序，苦痛的人生卻是無止盡的，就像那個被蠱弄瞎眼睛的女孩，不想再睜開她的眼睛，只想四處流浪，訴說悲涼人生。

時間已到午夜十二點，阿比的時效已過，她應該好好痛哭一場，但連哭的力氣也沒有，太累了，那是肉體的累，心靈卻無比清醒，原來這三年來，她依附著阿比，只是因為自己的失落與不完整，現在她要慢慢完整，經過這麼多事，阿比已變得很遙遠，以後會越來越遠，沒有人可以靠別人生存，你終究得一個人面對一切。園丁一定早就通過這一關，她希望可以跟他一樣強，胡思亂想中，不聽使喚地熟睡，不知睡了多久，被尖銳的摩托車聲吵醒，天哪，又來了，羽從床上跳起來，抓起放在床邊的榔頭準備當武器，跑到窗口，在五盞三百瓦的感應燈交輝下，阿比一手抱著安全帽，一手扶著機車，甩著瀏海，傻頭傻腦地茫然四顧。

——原載二〇〇九年十一月一～三日《自由時報副刊》

選入《一〇〇年度小說選》（九歌，一〇一年）

最後的櫻木花道

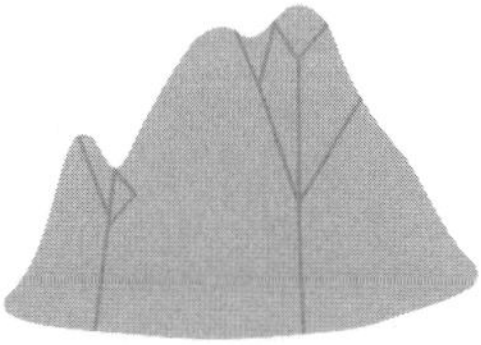

他那兩條特長的腳在山路上行走，剛來時像駿馬一樣強勁有力，速度如飛。

自從那個長得像櫻木花道的店長小品來到這山城唯一的超商，原來冷清的生意變得熱鬧滾滾。他很年輕，瘦長而稚氣的臉看來像高中生，那雙不符正常人比例的長腿，穿上淺藍制服就像漫畫中的人物，長劉海帥氣地斜掛遮住一隻眼睛。他重新布置商店外觀，門口搭著帳篷買了些休閒椅，門口牆上掛著盆栽，收銀台上擺著個古甕插著花，店裡頓時變得溫暖明亮，商品各式各樣不缺，經過整理面積變大，原來破舊而窄的店讓顧客逛沒幾分鐘就空手而歸，附近的主婦寧願開車到遠一點的大賣場買菜。現在店裡時時擠滿婆婆媽媽們，她們喜歡跟這小伙子聊天：

「這甕挺別致，哪裡買的？」

「我喜歡老的瓶瓶罐罐，常到處尋寶，你喜歡嗎，我幫你找一個。」

「門口那是什麼盆栽，挺可愛的。」

「正確的名字我不知道，聽說可以防蚊，看它碧綠可愛，就在花市買一盆回來擺，才一百，你要的話，可以送你。」

「你們的菜樣太少了，否則我倒願意就近買。」

「我們接受預定哦，普通的菜前一天訂，魚貨前兩天，數量多的話，我幫你送到家。」

就這樣超商生意越來越好，連附近的原住民與外勞都來這裡喝酒聊天，坐一天也不趕人，漸漸地也在外面賣些關東煮、茶葉蛋等熟食。小品裡外兩頭忙像跑堂的一樣，得空時也會跟他們插一兩句：

「你們相信祖靈，那相信這世界上有幽浮嗎？」

「什麼幽浮，可以吃嗎？」

「就是飛碟，會飛的外太空船。」

「我不相信那個，騙人的啦！」

「我看過，年輕打獵時，在樹林裡見過，不過現在遊客太多，幽浮都嚇跑了。你看過？」

「有一天關門走後山小路回宿舍，看見白白發光的圓形飛行物，我以為是月光，它停在那裡不動，還有一閃一閃的紅光點，好像在跟我打暗號，我就用我的數位相機拍了幾張，你們看。」大夥圍過來看，但見黑夜中真有一圓形飛行物，熒熒發出異光。

「騙人的啦，相機壞掉就會這樣，我還拍過比這更大隻的，還有靈異照片，這個沒什麼的啦。」

「可能是光和雲的巧合啦，不可能的啦！」

「我認識一些人，是飛碟研究會的，他們都有好幾次看見幽浮的經驗，裡面還有好多科學家。」小品急辯。

「什麼飛碟協會，還是參加我們的飛鼠協會比較好啦，好吃好吃真好吃。」

「我認為他看見的是山靈，幸運的人就會看見山靈。以前我爸爸表哥的表哥就看過，他是我們泰雅的英雄呢！」

「山靈，這要問我們族裡的巫師阿努，她看過很多次！」在這裡當建築工人的巴思說。

「真的？我可以去問她嗎？」

「很遠ㄋㄟ！在玉里的清水部落。我都有一兩年沒回家了！」

「找個共同假日，你帶我去找她，旅費一切包在我身上。」

「還有酒費、檳榔費，阿努巫師很喜歡吃檳榔！」

「一定要的，沒問題。」小品拍拍胸脯保證。

「聽說山靈是保護靈，怪不得你在這裡這麼受歡迎，生意又這麼好。」

「大家都想找你做女婿。」另一個說。

「是這樣嗎？那我願意天天看見。」小品看主題偏了，尷尬地傻笑。

「小心他把你抓走做他的女婿。」

於是小品看見幽浮變成看見山靈，又變成山靈招他做女婿的傳聞在山城傳開，這更增加他的人氣，許多婆婆媽媽很願意小品做女婿，茶葉行老闆娘常帶著女兒范明美到店裡買菜，明美高中畢業就留在家裡幫忙顧店，長得明豔動人，十九歲的她個性豪爽，三天兩頭往超商跑，待在店裡幫忙賣東西，小品對她很客氣，看來沒意思的樣子，不久沒下文；後來換國小徐老師的十七歲女兒小南上陣，她是可愛型的，兩個人很有話聊，超商十點關門，常看到小品與小南一起走出來，小南父母反對他們交往，於是展開拷問：

「你們偷偷在交往嗎？」

「不算，他像大哥哥一樣，你知道他今年幾歲？二十七了，大叔一個。」

「看不出他這麼大了，娃娃臉嘛，那更不行，那麼晚還在一起，你知道外面傳得有多難聽？」

「明明就沒怎樣啊？我不是十點多就回來了。」

「那你們在一起做什麼？」

「他說要帶我去看幽浮。」

「幽浮？沒聽說有這種東西，他在誘拐你吧？」

「他好像對幽浮比較有興趣ㄟ。說是一個人回家會怕，我不過跟他一起走回家。」

「哪有女的保護男的？」

「我看他一點男子氣概也沒，搞不好是同志。」

「真的啊！不要亂說。」

「對啦！我是亂說的！」

那年的聖誕節，山城特別熱鬧，度假的人潮擠爆民宿，小品的母親也來探望他，說是探望也還有其他目的，小品的父親很早過世，母親就在夜市賣滷味，聽說生意還不錯，小品的休閒區熟食賣得越來越好，這附近沒什麼餐聽，只有隔壁的有機農產品店是附近的幾個農家開設的，賣一些簡單的餐點，兩家店本來井水不犯河水，現在超商有搶生意的趨勢，遊客為了方便，更喜歡拿了就走的熟食，但這些名目並不在商店的經營範圍，做熟食雖麻煩但也很受歡迎，就是為了服務客人，有一些老客人常給小品提建議：

「你們為什麼不賣些盆栽或花肥呢？我們要下山買真不方便！」

「現在什麼都講求有機，應該多進些有機蔬菜。」

「其他超商都賣咖啡、三明治的，你看遊客這麼多，生意一定很好。」

「多賣一些小吃嘛，燒烤啊關東煮，下酒好啊！」

小品越受顧客擁戴，就越想滿足顧客的需求，於是跟母親商量，在聖誕節到過年這段期間在休閒區賣滷味、燒烤與關東煮，熟食攤開張後，生意強強滾，尤其是聖誕夜與跨年，做到手軟腳軟，這時出現一個年輕男人來幫忙，他理個平頭看來像剛退伍，特優的體格，走路虎虎生風，手臂上還有刺青，在青翠的山巒中，像小品與刺青哥這樣出色的男人走在山路上，簡直刺眼，令人馬上跟《斷背山》聯想在一起。隔壁的有機店生意大受影響，罵門的罵門，抗議的抗議，礙於那個像保鏢的人物在門口守衛，也只敢離個十公尺暗罵：

「就說是同性戀嘛！憑那張臉欺騙多少女人的心？」

「我親眼看到他幫溫太太提東西，跟著進去好幾小時才出來。這色胚！」

「我看是兩邊通吃！傷風敗俗。」

「明明知道我們賣有機，還偷偷賣有機產品，這不是挑明跟我們作對嗎？」

「外面的生意比裡面做得大，這樣圖利自己，老闆放過他，我們絕對不放過他！」

「他弄垮我們的生意，我們也弄垮他。」

多少小女生因此心碎，有人言之鑿鑿地說，看見那刺青男子跟他走在山中小徑中，有幾次看見他們在吵架，刺青男大聲咆哮，小品頻頻擦眼淚。也有人說他跟鎮上許多有夫之婦都有一腿，常送貨送到床上。

小南覺得小品不太對勁，有一天開店前約他見面，兩人走在超商後的小路上，那條路為店裡與倉庫的通道，一般人不會來這裡，小南說：

「我覺得最近這裡的氣氛很怪，你沒感覺嗎？」

「還好，就是比較忙，怎麼了？」

「你一直在做危險的事，你不知道嗎？」

「你是說做熟食的事？我跟公司報備過，經過他們同意才做的，這也是現在超商的經營策略。」

「不怕犯到別人？」

「你指的是有機店？他們的生意也很好啊！他們賣餐，我們只賣小吃，還好啦！」

「還有……」

「還有什麼？」

「那個刺青的男人。」

「我是怎樣的人跟你暗示過吧？這個我不願講得太清楚。」

「那，那天晚上你為什麼親我？」

「對不起，覺得你很美，跟你在一起有被洗滌的感覺，就像看到幽浮一樣。」
「你真的相信幽浮？」
「我相信，但他不相信，他說我常在晚上失蹤，一定有了別人。」
「聽你說這些我好傷心，比失戀還傷心。」
「對不起！真的對不起。我小時候長得太可愛常受性騷擾，有男有女的，有個年老的長輩很喜歡玩我那裡，到現在我還無法忘記那張臉和那雙手，我那時才兩三歲，他以為我不懂，年紀越小傷害越大，讓我性向混亂，我怕被碰，所以到現在還沒作過。」
「噗！你不用那麼坦白，我們又沒有要交往！老處男！」
「我總覺得沒弄清楚前，還是純純的愛比較好。」小品低頭笑得很靦腆。
「我也喜歡純純的，可是……我覺得有人要對付你，你還是小心點吧！」
「不會的，不是說我有山靈保護嗎？」小品笑得好燦爛，跟清晨的朝露反射光芒一樣。
「我有不祥的預感。」
「你不了解，我……。你知道嗎，有人算出新年第三天的凌晨，幽浮將在這附近出現。」

「你真的信那個？還沒科學證實的東西不要相信比較好吧？」

「你不懂，因為你沒看過，只要你見過就不會這麼說。我們研究會的都為這件事在準備，打算那天在這裡集合。」

「集合幹嘛？迎接外星人？」

「聽說有人被他們接引，我希望也有那樣的經歷。我相信末日，二〇一五年，就明年。」

「你瘋了！頭殼壞去！你去外太空幹嘛？活得不耐煩？」小南睜大眼睛瞪他。

「差不多，一切都讓人絕望。」小品垂下頭憂鬱地看自己的腳，小南發現他溫暖的外表裡面藏著冷絕的心。

自從那天之後，他那長腳在山路上還是來來回回幫客人送貨，只是速度變慢，腳也彎曲伸不直，心思看來極沉重。

那年冬天特別多雨，小品和巴思去了一趟清水部落，見了巫師阿努，在她家廣場前的樹下有石桌石椅，可以眺見遠山，巫師阿努今年七十八歲了，她十三歲嫁給也是巫師的大瓦利，那時她還是小女孩兒，大她十五歲的瓦利已是大男人，他背著阿努翻山越嶺，從娘家把她娶回來，晚上瓦利想靠近她，阿努躲到牆角一直哭喊：「我不要在這裡，我要回家！」瓦利對阿努很有耐心，逗她開心陪她玩，一點也不勉強她，一直等到十五歲月事來，他們自然而然在一起了。瓦利常說：「一切事物都有安排。」阿努不懂這句話的意思，問長輩，他們說：「順其自然，一切依照神的安排。」在阿努的眼中，大瓦利是個有智慧溫柔的男人，他那瘦長的臉深邃的眼神，讓她覺得是可以仰望的男人。

族人說他們是一對俊男美女，大瓦利不覺得自己帥，他是個不重視外表的人，阿努從小不喜歡自己的長相，沒有爸媽的孤女有著濃重的自卑感，但大瓦利呵護她像溺愛的女兒，阿努則依賴他如同兄長，她覺得用英俊來形容丈夫太輕浮，應該是「尊貴」，他有一種超然於一切的氣質。瓦利作法時，她在旁邊看，覺得她嫁了一個神奇的丈夫，一直到她生下一對兒女，丈夫忙著各種儀式與作法，她在家煮飯照顧孩子等他回來，現在她真正擁有自己的家，她對這個家滿意極了，沒有人比她更幸福。快滿三十歲時，在夢中夢見一個老人，教她如何作法，並跟她說：「阿努你要幫助許多人。」她醒來告訴丈夫，大瓦利說：

「那是神諭，我以前也作過類似的夢，難道神要你當祂的僕人？」

「僕人？」

「巫師就是神的僕人。當巫師要有三個條件，第一是神諭，還有法石，另外就是族裡大巫師的認可與傳授。」

「法石，就像你作法用的那三顆又圓又黑的石頭？」

「是的，而且還要它們自己掉到你頭上才算。」

「那怎麼可能？我不可能當巫師的，我們家已經有一個了。」

一般學巫要經過向巫師拜師，得到允許之後，跟著苦學幾年，最後經過巫師的推舉才能成巫。學成的那一天，巫師準備了雞、豬肉等祭告歷代巫師，而後將搓細的糯米糕從作法用的竹管中間穿過，由新巫師接著，代表得到巫師的所有法力，自此成為巫師的傳人。

通常巫師會知道自己的天命，在去世之前，把法力傳下去，也有自願習巫的，花蓮東昌村的阿美族巫師都是非自願的。祖靈會讓被指定的人生一場大病，直到這個人決定學巫，才會痊癒。

阿努介於自願與非自願之間。那段時間她生了一場大病，躺一個多月還好不了。

才下床沒幾天，阿努走在河床邊，背後咻一聲飛來一個東西，那東西就掉到她的面前，是一顆又圓又黑的石頭，阿努悄悄地放進口袋中，覺得可能是有人捉弄她，不敢告訴丈夫，誰知同樣的事一再發生，她真的擁有三顆法石，其中有一顆掉到她頭上，頭上還起個包腫好久，這不得不告訴丈夫了，大瓦利聽了很高興：

「神派你來幫助我，我早知道你是個不尋常的女孩。」

從此大瓦利教阿努如何作法，夫妻兩個大唱婦隨，幫助病人的痛苦減輕，幫助族人找回丟失的牛羊貓狗，兩個人的聲名遠播，連排灣、魯凱、泰雅也找他們作法，照說各族有各族的巫師，泰雅族的巫師其實是占卜師，只能被動地等人來問問題，再向祖靈詢問。卑南和布農族的巫術比較主動，譬如賽跑時，巫師可以施巫術讓原本跑最快的人跑不動，所以過去許多泰雅和阿美族人，都很害怕這兩族的巫術，甚至不敢接近他們的部落。但遇到無法解決的問題，各族之間互相幫助也是常見的事，譬如有一年排灣的頭目得了怪病昏迷不醒，醫院已放棄治療，大瓦利與阿努與魯凱的巫師一起前去幫助，作法的儀式場面非常浩大，結果作法後三天，病不藥而癒。

那時他們聲望達到頂點，常奔走於各部族之間，也許過於勞累，大瓦利五十幾歲就走了。阿努接續他的位置成為族裡的巫師，如今阿努已經十分衰老，黧黑的臉上刻滿皺紋，她是少數臉上還有黥面的布農巫師。小品拿出照片問阿努：

「你見過這東西嗎？」阿努只會講日語與布農語，還好有巴思翻譯。

「見過，是山靈。」

「山靈跟幽浮也許是同一種東西。」

「山靈是很奇特的靈，有善靈也有惡靈，因為山有邪惡的力量，也有神聖的力量，它跟人是不接觸的，一般人很少看見，能看見的通常是惡靈，會給人帶來不幸。」

「你遇過山靈，它帶給你不幸嗎？」

「是啊，就在大瓦利過世前，我見過它。如果早點祈神作法，也許他不會突然死去。」

「是因為山靈的緣故嗎？為什麼厄運降在你丈夫身上？」

「我們一起看見的，我馬上跪下來膜拜，可是大瓦利不願對惡靈屈服。」

「以我們幽浮學會的觀點來說，那是外星人的太空船。」

「什麼？外星人？」

「就是另一個星球來的。」

「另一個星球，那是邪信。」阿努說。小品覺得啼笑皆非，飛碟是邪信，山靈卻是正信。

「年輕人，你要遠離邪惡之物，多親近善靈。」

「什麼是善靈？你們有祖靈，我們又沒有。」

「每個人都有保護靈，只是你相不相信而已，就算水啊石頭都附有善靈。讓你覺得開心的就是善靈，年輕人，你身上附有惡靈，讓你不快樂，這條草環送給你，記得隨時佩戴。」

走上歸途微近黃昏，沿途到處是大小瀑布，溪水清澈，瀑布聲讓人心靜，小品覺得這裡的山水清新脫俗，讓他心情愉快，這裡一定充滿善靈吧？

跨年那夜，超商前擠滿看新年日出的遊客，吃的用的都被搶購一空，小品跟往常一樣忙進忙出，出貨補貨，最近都是二十四小時營業，請了幾個工讀生，還好有母親幫忙，否則連打個盹都不行。

熱鬧的人潮，夾雜著喝酒唱歌跳舞的原住民，圍觀的人很多，像嘉年華一樣，小品露出疲憊的笑容。

新年過後，超商換了新店長，是一個滿臉落腮鬍像黑道的三十幾歲矮胖男人，因肚子太大，淺藍色制服快爆開，看來有點猥褻。沒有人敢去問小品哪裡去了，大家只敢在背後議論：

「聽說違反上頭的規定，被開除了！」

「應該是表現太好，調到更好的點。」

「會不會被母親帶下山，聽說他是獨子，很孝順。」

「真的被山靈帶走了嗎？」

「被刺青男人殺死了，他們老是吵架。」

「夜路走多了，就會被蓋布袋。」

小品走了，大家才想起他的好，許多太太們傷心地不再光顧那家超商，他租住的房子也搬空了，熬了幾天小南才到超商，裡面一個客人也沒，外面的休閒區關閉，桌椅都搬空，同樣的空間，異樣的感覺，好像是千尋掉入的鬼市，那些物品都不像真的，只要一觸摸就會消失吧？小南問新店長小品的去向，他眼皮下垂好像在看他快擠爆的肚子：

「他哦，不知ㄟ，年前就提辭呈。」

「沒說去哪？」

「沒，只聽過他的名字，沒見過。」

「可以給我公司的電話嗎？可以問誰？」

「你是他的女朋友？聽說他的感情很複雜。可以給你電話，但我也不知要問誰，小姐，我問你哦，這裡的人都不在超商買東西嗎？」

小南笑笑離開，沿著小品常走的那條山路往上走，她覺得小品一定發生什麼事，但為什麼沒人追問或找尋？他真的去找幽浮了嗎？或竟是被幽浮帶走了？

小品來山城三年，已成為這裡的重要一員，他幫忙送貨，代買代訂東西，有時還會修理水電或種花種樹，連貓狗都認得他，小孩叫他「大哥哥」，還有他那夢幻氣息，恰恰符合這山城的氣息，他已經融化在其中，成為不可缺的一部分。少了小品這個山城馬上變得枯燥乏味。

許多傷心的主婦與被趕跑的原住民與外勞集結在超商門口，他們要求小品回來，新的店長很尷尬，漲紅了臉說：

「是主管派我來的，你們這樣鬧小品也不會回來的。」

「他去哪裡了？這你總可以說吧？」

「我真的不知道，你們不是都說跟他很熟嗎？你們應該比我清楚。要不問他家人也可以。」

「我只有他的手機，但都打不通。」潘太太說，大家的視線集中在她身上。

「我們很少聯絡，上一次電話是兩個月前了。」

「我覺得他去找山靈了。」一個滿身酒氣的原住民說。

「對對，元旦隔天凌晨一點多我看他一身登山裝備往山上走去，那時我坐在超商外的休閒區喝酒，看得很清楚。」

「一個人還是兩個人？你該不會喝醉酒眼花。」

「一個？兩個？好像是一個人。」

「我也看見了，那時我正準備帶孩子看日出。看他一個人往山上走。」

「那很危險，已過了五天，沒有回來就很危險，我們找幾個人去搜索吧？」

隔天搜索隊就出發上山搜尋，其中多數為原住民，兩個登山隊員還有小南，小南的父親也是搜索隊員之一，在女兒的要求下隨行。這裡上山就是能高越嶺古道，它西起霧社，沿著塔羅溪上行、越過南投縣與花蓮縣交界的中央山脈能高鞍部，而後下木瓜溪抵達花蓮，全長約八十三公里，是早期往來台灣東西部的捷徑，為日人警備道中最寬闊、平穩的一條，如今也成為橫貫越嶺古道中相當熱門及大眾化的一條路線。步道沿線可見標高三千二百六十二公尺的能高山，日據時期因山名有個「高」字而與玉山（新高山）、雪山（次高山）合稱「台灣三高」。它是由泰雅族的大支族賽德克人巴雷巴奧群開拓的，他們在狩獵中，發現東部地區有一片原野可居住，於是部分族人開始遷徙定居，之後往來於埔里與花蓮之間，穿過這便道和花蓮的阿美族人交易貨品，並成為稱職的山地商人。日據時期，日人為了控制原住民行動，於一九一七年以能高越嶺古道為基礎，闢建了能高越嶺道。

他們穿越能高古道，從霧社上山，在中央山脈能高鞍部一帶搜索，一直往花蓮的方向仔細尋找，沿途風景清奇美絕，古棧道與木造山屋充滿古意，清晨的山巒被雲海環繞，恍如仙山，怪不得泰雅相信山靈。他們找了一個星期還是沒著落，搜索隊中的布農巴思提議找他們族裡的巫師阿努尋人，聽說她特別會尋人，幾乎沒失敗過，小南說：

「你們現在還信巫師？」

「當然，只是巫師變少了，失傳了嘛。」

「反正都來到東部，去找阿努，這裡離她住的地方很近，她在我們族裡，大大有名的啦，最近常上電視咧。」

「我也有看到，電視報很大的啦！」

小南與父親看大家興致勃勃，對這女巫師也很好奇，於是同意，一隊人馬殺到她住的清水部落。

到了阿努家，但見記者群聚在她家門口，大門緊閉，阿努的兒子一邊拍門一邊喊：「迪娜！我是瓦利，開門，他們不是壞人，只是要請你治病！」瓦利拍了半天門，迪娜還是沒開門的意思。

清水部落處於群山之中，保持著原始風貌，附近有許多清幽的瀑布與溫泉，但因地處偏僻的台東山區，鮮有遊客進入，最近阿努因治好一個宣告不治的病人上了電視，吸引許多媒體記者前來，他們聚居在屋前的廣場上吸菸聊天，像這種無時間性的新聞，就悠悠哉哉等，像郊遊一樣在戶外遊蕩，有好幾個人還去山下泡溫泉。這裡的溫泉旅館設施相當簡陋，一間又一間淋浴間，只有簾子沒有門，毛巾盆子還得自己帶，但每個人只要五十元，五十元在台北吃碗麵都不夠，於是大家樂得等待下去。

阿努躲在房裡已經三天三夜了，她已經七十八歲了，最近她覺得身體越來越衰弱，常常夢見死去三十多年的丈夫，前幾天又看到山靈，這是不好的預兆，那是個冬夜的晚上，她半夜醒來睡不著，走到屋外廣場，覺得特別亮，它就在她前方不遠處，白色圓形的飛行物，放射強烈的光芒，比她當年看到的還要巨大光亮，她不自覺下跪膜拜，它似乎有強大的吸力，彷彿要把人吸進去，奇怪的是，這次她一點都不害怕，與它相對幾小時，直到消失，從那天起阿努開始準備死亡，她實在活夠了，恨不早點跟丈夫相會，她不斷祈求山靈讓她自然死亡，三天都沒進食的她已進入恍惚狀態，只有小女兒伊蘇在身旁照顧她。

「迪娜，你不能死，不能讓我沒有迪娜。」阿努用溫柔的眼神看著女兒，早在一個月前她就告訴伊蘇她要走了，伊蘇的反應很激烈：

「塔瑪這樣，迪娜也這樣，你們真的太自私了。」

「這是神的意思，我的身體也告訴我時候到了！」

「你只是不願再被強迫作法，上次沒醫好那個人不是你的錯，他只剩一口氣了。」

「不是這樣，能夠隨順自然而死，應該是件好事，我今年七十八歲，真的活夠了，我的心臟不好你也知道，最近常常突然沒心跳，這是預兆！」

阿努自從上了電視後求診的人很多，多到門庭上停滿輪椅與擔架，多是重症病人，門庭是作法的場所，他們只有移駕到屋內，阿努想幫助他們，但神靈不受人的指揮，故而作法也沒有用，病醫不好，阿努的巫術不靈光或騙人的種種說法傳開來，上門的人變少了，但媒體還是不放過她，不靈的巫術也有新聞價值。

阿努知道自己活不久了，開始禁食淨身，只留小女兒在身邊，她已交代她後事，要跟丈夫葬在一起。

丈夫就葬在床底下，他死前幾天還是說笑如常，有一天嚴肅地對阿努說：

「再過三天我就會到神那邊去，你不要難過，死亡是通向神的門，我會化成這四面青山綠水，永遠陪伴著你。你要替代我，繼續幫助別人，堅強地活下去。」

三十年前的往事卻像昨天的事一樣清晰，阿努以為丈夫只是在戲弄她，沒想到他當晚躺在床上就一直沒起來，阿努親自用繩索為他捆綁身體，以坐姿面西葬在床下。綑綁時得趁他剛斷氣，身體還有點柔軟度，綁好後她用力把他推起來，瓦利的眼睛突然張開來，她滿身是汗與淚交織，口中念著：「你捨不得離開是吧？我們的孩子還小，你回來吧！」阿努大慟大哭想跟著丈夫一起死，不是說死亡是通向神的門嗎？那也是通向丈夫之門吧？好幾次她想用繩索把自己勒死，但丈夫與神不斷出現她的眼前，說她責任未了，看著才十幾歲的孩子拉住她不讓她死，最後只有留下來。她不怕死，看多了親族的死亡，她覺得死亡像一件衣服，衣服破了就該丟掉，讓靈魂自由離去。現在她準備好了，連捆綁屍體的繩索也準備好了，就放在床頭：

「伊蘇，你知道怎麼做嗎？一定要讓我坐得端正些。」

「迪娜，你都說過幾百遍了，我知道怎麼做的。但你一走，我們族就沒巫師了，你是最後一個了。」

「就是『最後的巫師』害慘我，讓我沒一刻安寧，就讓這最後的變成真的。」

自從幾年前一個紀錄片工作者為她拍一個短片《最後的巫師阿努》，把她一天二十四小時的生活拍攝下來，噩夢就開始了。許多人在電視上看到不會講國語也不會講台語，只會講布農語與日語的阿努，臉上有黥面，虎牙也依舊俗拔去，阿努被媒體追逐得好苦，她的自尊心與羞恥感一樣強烈，在山上她是受人尊重的巫師，族裡的巫師不只她一個，為什麼要欺騙人，她越來越覺得自己是個謊言，而且她的黥面與黑齒現在都成為奇觀，在以前這可是美女必備的條件，她沒讀過書不會講國語只會日語與布農語，這好像也變成稀奇古怪的事。

「這樣不行，我們破門而入吧！」小瓦利說，他在高雄當建築工人，為了記者的請託特地回來，每年他都請求母親到城裡跟他住，已經成家的他租了三房一廳公寓，夫妻還有兩個女兒住，保留一間作母親的房間，但迪娜就是不肯離開老家，爸媽的感情太好了，他沒見過族裡有這麼恩愛的夫妻。

搜索小品的人加入撞門的行列，沒幾下把門撞開了，已經綁上繩索的阿努與綁人的伊蘇嚇壞了，布農巴思前去說明，嘰哩咕嚕的沒人聽懂，於是有人熱心的翻譯，她說我要死了你們找我做什麼，巴思說小品失蹤一個禮拜，我們已經找了快五天，求你一定要指點我們，伊蘇說小品就是上次來的那年輕人，他的確被惡靈入侵，但我現在法力不行了，別求我，巴思說救救可憐的小品吧！他是大好人，他說他看到山靈，然後就不見了，你就再試一次，反正我們也沒辦法了；阿努說他也看到山靈？看到山靈很危險，我要我的法石，你們都走開，我要作法。

外面等待的記者聽說阿努要作法，興奮地架起工作傢伙，退守在廣場邊，這真是千載難逢的機會，但見七十八歲的巫師駝著背，在兒子與女兒耳邊交代一些事，然後小瓦利拿出冰箱中的豬肉與米酒擺在場地中央，一兒一女各持棕櫚葉，阿努握著法石圍繞著祭神禮念誦，繞了不知幾圈，第一顆法石投到牲禮中，又繞幾圈，第二顆法石又投到牲禮中，但這次落到外圍，接著阿努又在女兒耳邊說了幾句，伊蘇大聲傳話：

「有沒有失蹤者的衣服或使用過的東西？」

「你有嗎？」

「沒有耶！」

「有了，他送過我一個打火機，說是他以前用過的。」

「拿來！」

打火機傳到阿努手裡，她把它跟法石放一起，圍著牲禮與法石念誦又開始，步伐與念誦越來越快，巫師突然昏倒，所有人都擁上去，伊蘇抱著昏迷的迪娜喊，忿怒地說：

「都是你們逼死她！」

「快扶她到床上，這次真的要走了！你們都不要進來！」伊蘇與瓦利抱著迪娜到床上，兩兄妹很有默契地開使捆綁母親的身體，越緊越好，這是迪娜說的，綁到一半，阿努喃喃說說：「雲海雲海！」說完閉上眼睛，這次真的去了！

「最後的巫師真的成為最後！」

「死在法場上跟死在戰場上的鬥士一樣！」

「死前還不忘救人。」

媒體記者興奮地各自找到自己的切入點，以聳動煽情的語調與表情傳送這個消息，而且每個人都是獨家報導。

搜索隊對巫師阿努的死覺得愧疚，於是加入葬禮的工作行列，在某個空閒時刻小瓦利說出迪娜阿努的遺言：

「雲海？」

「是雲深不知處的意思嗎？」

「對了，有個雲海保線所。」

「葬禮完畢就出發。」

「不用了，找人要緊，你們已經幫很多忙，趕快出發。」

他們從霧社沿著塔羅河到能高鞍部，山路十分陡峭，沿路有許多小瀑布與吊橋，這條登山人熱愛的古道，可橫貫東西，霧社上花蓮下，其中有多處崩塌必須綁纜繩通過，就在登奇萊南峰，靠雲海保線所的一處崩塌觸，找到小品的屍體，失蹤第十天，他跌落在山谷中死去，兩眼微睜好像還注視著天空，屍體未腐爛，看來斷氣沒多久。

他的智慧型手機早已沒電，接上臨時充電器，看到他死前寫了數十通簡訊，但都沒有成功發出，可能是沒電了，其中有給母親的，朋友老顧客，他連死前還記掛著客人：「抱歉，你訂的年菜沒辦法替你送了！」「蔬菜只要來源乾淨，不一定要買有機。」「花種撒完記得多澆水。」「答應送你的盆栽放在倉庫，請新店長代找，謝謝你長久來的照顧。」……給小南的最多「我喜歡你，但我不能，原諒我！」「不知道我是什麼，喜歡你也喜歡他。」「它終於出現了，美得無法想像。」「傳給你幽浮的照片，希望你相信我！」「它沒有著陸，這次的接引又落空了。」「它一直不走，我要一直等下去，但衣物不夠，夜裡太冷，我已吃完最後一片餅乾……」簡訊寫到這邊中斷，小南看了哭了又哭，他是這麼怕寂寞的人，卻總是記掛著別人，照片檔中果然有幾張飄浮著白色發光飛行物的照片，原住民還是認定那是山靈，山靈帶走他當女婿。

包包裡還有一些有關飛碟的報導與研究報告、望遠鏡、地圖、指南針。他到底是自殺？還是他殺，或者只是為看幽浮不小心跌落山谷？現場馬上被警方封住，並展開調查。

「他不可能自殺，像他這麼陽光的男孩。」

「元旦之前跟他說話，開開心心的，一點也不像會自殺的人。」

經過長久的調查，沒有他殺或自殺證據，只有宣布是意外死亡。屍體抬下山經過火化，人們還是不能接受他已不再回來的事實，從此絕口不再提起，在那條他常走的山路，總有人望著那裡發呆，覺得他隨時會出現。

倒是最近多了一些登山客，逢人便問：「聽說你們這裡常有幽浮出現？」「最後的巫師住在哪裡？」「這是被山靈帶走的男孩待過的超商嗎？」久而久之變成「被幽浮帶走的最後的巫師住在哪裡？」

小品等了好幾天才看到幽浮，幾乎跟阿努同時間看到，而且相隔只有十幾公尺遠，它像會發光的深海水母，美得讓人無法呼吸，強烈的吸力讓他不自覺往前走，但他每接近一步，它也往後移，就這樣僵持好久，快天亮時，它像海市蜃樓般快消失，以極快的速度往懸崖那邊移動，小品跑過去，一面呼喊：「帶我走！帶我走！」

然後然後

公車上只剩葳一個人，一個人很久了，這輛一八八號公車往山上開，是很冷僻的路線，連她都沒搭過。她喜歡搭公車，沒固定目標，就是隨便搭，尤其是蹺課天，然後搭到終點站，這世上真有所謂終點站？終點之後是什麼呢？會不會是另一個起點？她對這樣的問題感到迷惑。

她偏偏要搭到終點站，下車後繼續往前走，在終點這命題下，所有的景物皆有新意，常常是小村莊，如二次元的開心農場，有新空氣新畫面；有時是茶園，乾淨得沒有一絲塵埃；還有一次看到海，她在海邊站很久，原來終點站之後更廣闊更無邊際，她對著大海吼，吼出淚水，好像遠方有人也在呼喊她，人死後的情境是否也如此呢？生命的終點之後還有山外山。

母親一年前得癌症過世，她十七歲，病情發展得太快，還沒能接受母親不在的事實。葬禮遵照母親的遺言火化後撒在故鄉北海岸，父親與葳有不必言說的默契，只撒了一把，然後將骨灰供在山上的廟裡，葬禮結束那天父親與她捧著骨灰，搭一二三號公車到「茂林」，滿頭灰髮很像梅爾・吉卜蓀的司機回頭對他們說：「終點站到了！」他們一前一後下車，往終點站之後走去，走了很久很久才到茂林禪寺，母親的歸宿原來就在終點站之後，那之後的之後是什麼呢？從那時起她常蹺課搭各種路線的公車到終點站，下車繼續走，直到無路可走。

但今天她決定不回去了，父親過幾天再婚，母親過世未滿一年就急著交女朋友，現在即將結婚，這件事讓她想吐，那個女人的名字還跟母親相似，說是替她找了一個母親的替身，噁心死了！父親的臉髒了手更髒，根本不配捧母親的骨灰。

「終點站到了！」那個年輕司機頭也不回，只伸了個懶腰打一個好大的呵欠。

葳下車，找不到終點站的車牌，可能嗎？沒有站名的終點站，這裡是新店再過去的山上，她沿著山路找站牌，只找到一個箭頭標示「往錦鯉」，錦鯉是個地名嗎？在這荒郊野外取這個華麗的名詞還真諷刺，她往箭頭方向走，走了約一公里，有一戶人家門口有個小小的木牌，上面用行書寫著「錦鯉」，字體遒勁有古風，很像日本人家的自書門牌，然而是姓氏嗎？未免太怪異。

葳在門口站了一會，一個年約七十的老者穿短褲赤著腳拿著鋤頭問：「看魚還是看書？」這老頭不問她找人或問路，卻問她看魚或看書，腦袋大概有問題，這深山裡會有魚或書嗎？她回說：「都看！」

老者笑了，要她跟著他走，這一路都是泥窪地，老者的腿像泥柱般，她卻不覺得髒，從小她沒玩過泥，想必泥是好玩的，不是說男人是泥做的。泥不髒起碼比人乾淨吧，漸漸的她的白布鞋陷到泥窪裡，拔出一腳泥，可能太不可思議，她咯咯笑出聲來，怪不得有人愛玩泥巴戰，以前只要白衣白鞋有點灰，母親都要嘮叨半天，如果看到現在的她一定會發瘋吧？

原來真的有魚，沒錯，是錦鯉，可以說這裡是專門培養錦鯉的地方，好幾個大池子，從魚苗到成魚分著飼養，最大的錦鯉有半人高，橘紅、鮮紅、金黃、墨黑、五彩……，一大池錦繡川流，閃電追著彩虹，像跨年煙火般金光四射，瑞氣千條，小池子養幾隻錦鯉顯得優雅，大池子幾百條擁擠著殺氣騰騰讓人看了頭發昏，葳不知道牠們的價值，但聽說漂亮錦鯉價值幾百萬都有，這家人藏富於山，把自己弄成泥人，想必就是做大生意賺大錢。

葳盯著魚池發呆，聽說錦鯉喜歡人，只要一靠近，就會聚攏在你腳下，讓人有「我就在這裡」、「我就是主人」的優越感，她試著靠近魚池，可是地很滑，她怕掉進池裡，只敢遠觀不敢近賞。

天色漸黑，沒人問她來做什麼？要不要回去，山裡吃飯早，老者把她帶到一石灰瓦搭成的工寮，一大鍋鹹粥熱騰騰端上桌，一群工人都圍過來，各人拿個碗就喝起來，沒人招呼她，她也拿個碗，盛了一碗粥，看來普通的海產粥好吃得差點把舌頭也吞進去，裡面有新鮮的海魚、花枝、蛤仔，深山中的海鮮，真是不簡單，這是她今天的第一餐，於是又添了一碗，他們像一群外太空遊民一樣各自進食，渾身是泥，奇形怪狀，因著羞澀，互不交談，祕密集會著。

葳看這群吃飯的人，除了剛剛拿鋤頭的老伯，還有一個蓄鬍子的中年人，身材中等，眼睛銳利有神，另有一個看不出年紀的侏儒，約一百四十公分左右，葳從未看過侏儒，看來也就是長不大的小孩，或者小號的成人，圓圓的臉龐像皺橘子，眼珠淡褐色，頭很大，身體在比例上顯得很小，大約十歲小孩的身材，葳望著他研究著，從他無邪的眼光中投射出的自己，反而覺得怪，原來自己才是怪物，同學常叫她怪咖原來是真的，這發現滿好玩的，她似乎接收他透視般的眼睛，覺得世界正在變形中，四周的景物瀰漫著詭異的空氣。其他穿雨鞋的可能是臨時工，吃完飯就散了，這麼說這魚池裡住的就三個奇異的男人，他們是什麼關係呢？

「你帶她去盥洗、休息吧，天黑了！在山上最好早點睡。」老者對侏儒男人說，葳跟著他走到一棟白色樓房，上二樓，黑暗中只開一盞小夜燈，看不清楚裡面的布置，侏儒男人打開一個小房間，裡面堆很多東西，木頭地板上有個床墊，上面的被子亂亂的，有人剛睡過，或者常常有人來睡，像個客房，棉被飄散著濃稠的霉味，這裡溼氣重，牆壁有小小的水珠，還好是套房，有獨立的盥洗間，她洗了一個熱水澡，心想為什麼沒有人問她為什麼來這裡？要不要留下來？難道她臉上就寫著答案，真是奇怪的地方，就像掉進愛麗斯夢境，她打了頭，痛啊！洗完澡躺在床上，才翻幾個身就睡著了。

母親死後她曾回到母女同睡的那家溫泉旅館，找同一個房間，在那張大床睡了一晚，她用這種方式悼念母親，之後她常想像睡在異地的床上，彷佛有另一個自己，看著自己的孤獨與哀傷，而能格外冷漠地與死亡相望。如今她真的睡在異地的床上，腦袋一片空白，累得像狗般呼呼大睡，可能吃太飽吧。

醒來時天已大亮，才六點多，陽光直射到臉上，臉在發熱，昨晚忘了拉窗簾，不，是根本沒窗簾，她身邊的那堆雜物原來都是書，而且是新書，裝在紙箱裡，有的還沒開封，這麼多書堆在這裡，應該是客房兼儲藏室吧！陽光照在書本上，彷佛有神的光輝，她摸著一本本的書像發現寶藏，竟然有《哈利波特》全套與邱妙津、袁哲生……，連《陰陽師》都有，還有《波赫士全集》。走到外面，是個像禮堂般大的藏書庫，一排又一排的書排得整整齊齊，就像圖書館，不！根本就是圖書館，圖書的編碼是國際通用的，童書特別多，葳在空無一人的圖書館轉圈圈跳舞，這是夢吧！山中的圖書館，她愛看書，這件事她瞞著許多人，怕同學笑她假掰文青，她還寫點詩或散文，得過一些小獎，用的都是筆名。

在九字頭編號的文學類，她找到自己最喜歡的卡爾維諾與莒哈絲，飢渴地讀著不知第幾遍的《情人》：

然後，他說他不知道再說什麼好了。然後他對她說了出來。他對她說，同從前一樣，他還愛著她，他永遠無法停止愛她，他將愛她，直到生命盡頭。然後，我突然哭了起來。

然後然後，她就喜歡這一堆然後，葳沒戀愛過，也不相信愛情，她只有戀愛感，那是沉浸在小說的戀愛情節中，化為他人跟自己談戀愛，她不喜歡ＢＬ漫畫或羅曼史小說，因為她心裡住的是一個滄桑的女人，對青春男女無感。她拿著書盤坐在地毯上看，不知過了多久，樓下一陣喧譁，留鬍子的男人帶領一群小學生浩浩蕩蕩上樓，他銳利的眼睛像金鯉一般發光，讓人以為在看她，然而他沒看葳，只望著前方，他沒放電，或者根本沒電，肯定，是她的幻覺，常常她活在幻覺中。小孩像金龜子亂鑽，麇集在他們喜歡的童書櫃下，或在地毯上打滾，興奮地高聲喧譁。鬍子男人將手指豎在嘴唇上，孩童馬上斂聲，有幾個小孩跟著鬍子男到三樓，葳跟著上樓。

三樓空蕩蕩的，擺了一個球桌台，但孩子的興趣不在那裡，包圍一張大桌子與那男人，是玩魔術或練魔法嗎？葳對這裡會發生什麼事已不再奇怪，所有的事物都在她的認知之外。她靠上前去，擠在孩子的外圍，桌子上一個像魚缸的玻璃箱中，養著許多蝴蝶，鬍了男在教小孩認識蝴蝶，「這是黃鳳蝶，那是帝王斑蝶和孔雀蛺蝶，剛變身，很漂亮吧！」桌上放著放大鏡、顯微鏡與實驗器材，這房間四周都是蝴蝶照片，葳把所有事情串起來，猜這是熱愛教育的公益男人，原來如此，怪不得收容各式各樣的人，根本是青少年活動中心，可能是見多了問題青少年，連問也不問就收留她。

葳下樓看到老者在鋤地種花，搞得滿身泥，這裡的地特別溼軟，除了墨綠色的山丘與乳色的山嵐，方圓幾公里沒有人家，這群小孩不知怎麼來的？想必結伴走了好久才到得了，窮山惡水根本不適合人居住，她的鞋完全淪陷變成泥鞋，也沒換洗衣服，她想走了，可特別留戀那一屋子書，老者看到她說：

「以為你睡死了，肚子不餓嗎？」

「餓，餓死了！」

「快去吃飯。」

走到昨晚吃飯的地方，侏儒男正在吃早飯，真的一碗尖尖的白飯，配鹹魚與豆腐、燙青菜，葳添了一小碗坐在大圓桌的另一邊，侏儒男眼珠睜得好大盯著她看，葳低頭扒了幾口飯，放下碗筷，他還在看，好像她才是怪物，她想罵人，看他的臉並無惡意，便說：

「一大早吃飯挺怪的，好想吃烤三明治喝熱牛奶！」

「你好美！」侏儒男說，葳既好氣又好笑，一般色鬼都會說你好正好辣，他使用的字文雅，表情又是那樣無邪，可能很少見過女人，不自覺脫口而出，她知道自己擁有的只是青春無敵的美色，很快就將消失，她與她的美色無關，故而當作沒聽見，這才是美女本色，她慣於不動聲色，故意離題：

「你們在這裡住多久了？」

「很久，十幾快二十年總有。」

「三個男人住在山上好怪哦！」

「有嫂嫂，死了好幾年！她不喜歡養魚！」

「所以鬍子是你哥哥，那伯伯是？」

「爸爸，他是日本時代的漢文老師。哥哥的漢文也很好。」漢文是古早人語言，聽來像武陵人一般。

「你們說話的口音很怪，從哪裡來的？」

「澎湖，那裡有好多魚。我家以前有漁船，爸爸只吃現撈海魚，不吃肉，我哥一船一船買給他吃，他八十幾歲比我還壯。」看來腦袋還清楚，她以為侏儒的智商有問題，也許他們擁有異於常人的智慧，像《錫鼓》描寫的一樣。

「那你哥幾歲？」這樣就可推出弟弟的年紀。

「他三十八，我三十五。」真坦白，藏心中充滿異樣的感情，她繞著圈打聽這裡的一切，因為就在剛剛，有那麼一刻，在布滿蝴蝶的照片的大實驗室中，或者在閱讀那本《情人》當中，她幻想著被哪個男人愛上，或愛上哪個男人。

這時老者走過來，坐在藤椅中休息，可能他長得像老校長，葳覺得有必要向他報備自己的狀況：

「謝謝你們收留我，我今天就走。」

「不急，我們這裡無聊得很，就喜歡來客，你離家出走的吧？」

「我臉上真的有寫字嗎？」

老者大笑出聲，他看來頂多六七十，聲如洪鐘。

「有寫字！我們來寫字吧！」

侏儒男很快地把碗盤收拾乾淨，在圓桌上鋪滿報紙，放上筆墨硯台，幫父親研墨，這家子還真是父慈子孝兄友弟恭，葳把這吃飯兼睡覺的工寮看清楚，約十幾坪大的地方，還是泥地，有小隔間，想必他們晚上就睡這裡，人住工寮，書卻住華廈，這是怎麼回事？

老者站立著懸腕寫大楷，筆跡跟門牌一樣，拿著一本古書抄詩：

層雲愁天低，久雨倚檻冷。絲禽藏荷香，錦鯉繞島影。

心將時人乖，道與隱者靜。桐陰無深泉，所以逞短綆。

「這是陸龜蒙的詩，唐朝人就懂得欣賞錦鯉……鯉魚也有字哦，你看牠們身上的黑點像不像潑墨，日本人就稱這墨點為『寫』……」老伯顧自說著，真是好為人師，藍色的古書包著透明塑膠封套，看來年代久遠，葳好奇拿來翻，上面的古書印刷文字特別有味道。

「伯伯，這是什麼年代的書啊？」

「宋版書。」

「哦！」葳不懂什麼是宋版書，想必十分珍貴，看來是一日漢文老師一輩子漢文老師。

「想學寫字嗎？」

「我？我的字像坨屎！沒藥救了！」

「練個幾個月就不同了！我們來作個交易，你幫我看管圖書館，我教你寫字，管吃管住。」這交易聽來不錯。

「可是我不能待太久ㄟ，我未滿十八，我爸一定會報警，那就給你們添麻煩了！」

「找不到的，很久以前，那時還沒公車，我媳婦幾次想逃下山，結果迷路，只好又回來。最後一次掉到山谷裡，你愛待多久就待多久，想回去的話，派車送你下山，我們有車。」

「真的哦？供吃供住，還有書看，聽起來不錯，不過，你們一家都愛當老師，真受不了。我就是不喜歡念書才逃學！還有，我爸要再娶了，所以……」

「還是打個電話給他，就說到親戚家住幾天，我也不敢留你太久，說缺管理員是假的，我們好客是真的。圖書館採自助管理，這附近的孩子都很懂規矩，自動填寫借閱單，蓋到期章，書短少的情形很少，只有遲交，遲交的一星期不能借書，準時還書的人還有贈書，都堆在門口，自己挑。」

「那我要做什麼？」

「新書上架，最近買了很多新書，哪！就堆在你昨天晚上睡的地方，以前是我媳婦睡的地方。過幾天還會進一大批新書。最近很多人來買錦鯉，都是大生意，忙不過來。」

「在山裡弄圖書館跟蝴蝶教室，你們是慈善團體嗎？」

「哈哈！沒那回事，剛來的時候很慘，錦鯉養不活，媳婦鬧離婚，她死了，錦鯉養活了，我們付出慘痛的代價。那時什麼都沒有，只有一堆書，村人常來幫忙，漸漸小孩也愛來看魚兼看書，我沒事做太閒，教他們寫字看書，我兒子很有孩子緣，漸漸的孩子天天來。說來養錦鯉門檻高投資不小，但進帳不錯，我們都在泥地討生活，用不了多少錢，蓋了洋房住不慣，乾脆弄個圖書館，還有這附近蝴蝶很多，我兒子大學讀生物，說台灣的蝴蝶品種這麼多，要讓孩子睜開眼睛。唉！說來說去都為是了我小兒子，總要讓他能活下去！以後我們都走了，他還有魚池跟書。」

看來侏儒男是幸福的，一家人為了他生活在這荒山野嶺，連嫂嫂都跑了，自我犧牲型的人與人生是她難以想像的，人性是自私的，她總這麼想。

首先得找一雙新鞋與換洗衣服，清出那堆書後，有一箱女人衣物，裡面的衣服她不敢穿，球鞋倒有一雙，小了些，等把自己的白布鞋洗好就換過來，或者她需要一雙雨鞋。

現在，她早早起床，吃完一大碗白米飯後，練書法一小時，休息半小時陪老者逛園子，他對泥地種得出花感到驕傲，有茶花、桂花、玫瑰、柚子樹，後來才知柚子樹是為招引蝴蝶，牠們喜歡在柚葉上產卵。她喊老者為「寫字伯伯」，現在她敢靠近魚池，真的錦鯉都圍過來，她一面餵食一面喊「寫字魚兒」，用手觸牠們的頭，水溫寒徹骨，錦鯉怕熱必須養在涼溫，太冷也不行，十幾度最適合，只能養在海拔不太高的山上。她喊侏儒男為「大小哥」，鬍子哥為「蝴蝶哥」或「他」，「他」意有所指，只有她知道，孩子們都叫她「書姊姊」，她成天低著頭看書，任孩子怎麼吵都沒關係，孩子會圍著她撒嬌，門口擺了一大堆贈書，一下就被她送光。散完步然後到圖書館把新書編號、蓋章、上架，她真喜歡這工作，以後就以圖書館員為職業也不錯，下午孩子們放學後就來這裡寫功課，看書，假日跟著鬍子去觀賞蝴蝶、昆蟲，拍照。她想跟著去，不敢跟鬍子說，他們之間的距離一直維持在五公尺以上，但他整天就在魚池或山上，在她的附近，隔著這樣的距離想像愛情滿美的，少女幻想中的愛情因無現實感更原始、更狂野，他一定是個寂寞的男人，心如死灰，她更喜歡這樣的。

比起鬍子的冷淡，侏儒又太熱情，得空就纏著她說話，她抓不準對他的態度，有時像大孩子，有時像小號男人。

「我喜歡你，你不喜歡我。」看來他的感知不弱。

「我沒有不喜歡你，我們認識才三天ㄟ！」

「那你有可能喜歡我嗎？」

「你要誘拐未成年少女嗎？」

「一直等的話你會喜歡我嗎？」

「我們可不可以不要一直談這個話題，我想看蝴蝶，聽說這附近有蝴蝶谷，你幫我跟你哥說。」

「為什麼你不自己去說？」

「我怕他！」葳說完這句話小號男人低頭沉思了一下，這時他的表情就像三十五歲的男人。

「你喜歡他，所以不喜歡我！總是這樣，我喜歡的女人都喜歡我哥哥。」

「屁啦，你亂說我不理你了！」

葳心裡很亂跑到魚池看錦鯉，現在她也有自己的紅色雨靴，寫字伯伯幫她買的，其實是鬍子特地下山買來的，穿來居然合腳，可見是心細的男人，這次下山又帶回一些女孩用的衣物還有一頭母羊，每天都有羊奶喝。她像個嬌客一樣，山裡突然來了一個少女，山水草木都有了精神，葳慢慢理解山居的寂寞，天天看魚看到沒感覺，怪不得寫字伯伯覺得無聊。

幼苗期的錦鯉看來跟一般的魚苗差不多黑不隆咚，之後烏鴉變鳳凰，魚也分尊卑，跟人一樣，她不明白為何有人會養這些身價奇昂的魚，養魚嘛，鬥魚、金魚最可愛，養這種大型魚一定要有大院子大池塘，記得到過一個有錢的親戚家，沒有院子，百坪公寓在客廳造一個魚池，養三兩隻錦鯉，池子太小魚太瘦，沒顏落色的，還特別帶他們觀賞，讓人覺得無聊極了，這是誇富心理吧？現在她也略懂一二了，都是大小哥教的，最珍貴的是紅白，大正三色，昭和三色；其次是寫鯉，別光，淺黃，秋翠，黃金，花紋皮光鯉，寫皮光鯉，金銀鱗，單頂，變種鯉，因顏色亮麗有「水中寶石」之稱。來看魚的有日本人、台灣人，都是開進口車的大老闆，鬍子穿得像水泥工人帶他們看魚、談價格，長期的荒野生活，他的臉也像荒野，滿是冰雪風霜，看不出是讀書人。

大小哥表達感情的方式讓人又好氣又好笑，常常把她的東西藏起來，小梳子、手機、還有正在看的書，有一次還把她的門鎖起來，還好時間都不久，很快就自動還她，或把門打開，他以捉弄她為樂，很無聊的舉止，他卻因此開心一整天，葳忍著沒舉發他。

她會被強暴嗎？在荒山野嶺如果被強暴，喊都沒人救，她作過無數被強暴的夢，處在三個男人的荒野，她的內心不無恐慌。

有好幾晚她夢見有男人進入她房間，然後強暴她，作愛的細節很粗糙，大都從電影剪接過來，男人的手與嘴在她的身上遊走，她居然是愉悅的，驚醒後在夜黑中發怔，她內心住著可怕的情欲，那是她也不認識的自己。

魚池的男人雖然生活原始，還是在禮教中，或者活得比城裡人更壓抑，連大小哥也沒攻擊性，魚池的工作大都他在做，滾在泥地裡，也許他的熱情都攪進魚池裡，那些如繁花般的魚就是他的全部世界，此外一無所知。當然他也需要女人，然而連蝴蝶哥都留不住自己的女人，大小哥行嗎？他們抓得住魚，抓不住女人。

也許是老者的陰謀也說不定，讓她住下來，看能不能成為他們的女人？有一次在飯桌找東西吃，聽到鬍子與大小哥在房間裡低聲爭吵，牆壁實在太薄了：

「你小聲一點！聽到沒有。」

「我喜歡她！」

「你是畜生啊？她還是個孩子。」

「我不管……」

之後聽到摔東西的聲音，接著摔門而出，鬍子看到她還是那一號無表情，低頭走往山上，這是哪招，她該離開嗎？看來她留在這裡是不恰當的。

隔兩天，有媒人帶一個越南女子來相親，大小哥躲在三樓蝴蝶教室硬是不見客，只有寫字伯伯出來應對，鬍子可能還在氣頭上不見人也不管事。那女人大約三十來歲，一隻眼睛灰灰的，兩眼分得很開，嘴微尖，很像魚類，長相不能說難看，她看了大小哥的照片，推給媒人說了一堆越南話，媒人臉色尬尷地說：

「事前沒說是侏儒呢，她說這樣子的人在家鄉只有到馬戲團……」

「除了外貌，他很正常，我們都沒嫌她視障，說話不要隨便傷人。條件隨便你們開。」寫字伯伯氣呼呼。

媒婆與女人互看一眼，好像抓到默契說：

「最多就是，讓他們獨立生活，她不願住山上，一棟房子買在台北，一棟房子買給她老家，這樣才好繼續說下去。」

「他只會養魚，下山活不了，你們先走吧！」媒人與女人走了，寫字伯伯背著手對著花園沉思，呆坐到黃昏，連晚飯也沒吃，大小哥倒是吃得很高興。

這件事好像沒發生過，但從此成為葳捉弄大小哥的材料：

「你要娶新娘了！」

「沒有沒有！」大小哥急得臉漲成柿乾。

「新娘子好漂亮！」

「我寧願娶魚做新娘，也不要她。」

「原來你偷看她了，搞不好她是魚變的魚仙子，長得好像寫皮金鯉……」

「哪有金鯉好看，你再說我要生氣了！」大小哥作勢要打他。

「不說，不說了！」

跟鬍子上山到蝴蝶谷那天，大小哥生氣故意躲起來，葳穿著已經洗好的白布鞋，新買的長袖襯衫、牛仔褲，跟在一群小朋友與鬍子身後走進山谷找尋鳳蝶的蹤跡，這山谷有著蝴蝶流動的空中之路，也就是「蝶道」。牠們會釋放出無形的費洛蒙，在山野拉出一條氣味道路。循著這條氣味或氣流，牠們可以覓食、求偶，煽動羽翼拚著命遷徙，因為生命如此短暫。牠們飛啊飛找到避冬的溫暖地點、繁殖、夭折或破蛹，死亡然後重生。蝶的一生就是流浪、飛行、求偶、繁衍、死亡、重生。在短短的生命期中漂洋過海，飛到遙遠的國度，只為尋找一個繁衍地，雄蝶為達到性成熟必須吸收大量礦物質，所以牠們常沿著溪邊飛行尋找合適地點吸水，由於牠們皆有固定飛行路線而且常是成百上千的聚集在一起吸水，造成令人驚嘆的盛大奇景。

「亞馬遜河或馬來西亞蝴蝶色彩最豔麗，但我覺得台灣蝴蝶才是全世界最美麗的蝴蝶。」鬍子一面走一面說。「為什麼？」「為什麼？」孩童圍著蝴蝶哥拋出無數個問題，有幾度葳以為他在看她，然而他只是面向她望向更遠之處，他在逃避她，一定的。「因為台灣擁有非常豐富的生態，寒帶、溫帶、暖溫帶、熱帶各種氣候條件下生存的蝴蝶都有，集中在台灣這一個小小的島嶼上。」蝴蝶哥跟他父親一樣愛上課，沒藥救了！

進入蝴蝶谷，剛開始偶有一兩隻鳳蝶飛舞著，靠近溪道附近是一片賊仔樹林，這時許多蝴蝶滿天飛舞，這正是求偶的季節，溪道附近密密麻麻的鳳蝶，牠們墨色的翅膀寫著筆墨淋漓的字，畫著繁花似錦的畫，極為壯觀。葳看呆了，孩童一面歡呼一面拍照，蝴蝶男沿著溪道，低頭落寞地往前走，葳跟在他後面，保持五公尺的距離，看他要走到何處，跟著鬍子走了約五百公尺，前面就是懸崖了，他停在崖前，遠山像巨大的青銅金字塔聚集，沉重肅穆地向人逼近，令人窒息，從此往下就是萬丈深淵，葳不自覺地往前靠近四公尺，現在他們之間的距離只剩一公尺了，他的肩上停著一隻黑鳳蝶，顯得嬌弱而美麗，鬍子背對著她說：

「不要過來，這裡很危險！」

「那你後退，我好害怕，我有懼高症。」

鬍子往後退一步，葳說「再退後」，一直到他們幾乎靠在一起，蝴蝶飛走了，鬍子說：

「她就是從這裡掉下去，她一定是不小心，不是自殺，好幾年來一直找她的屍體，一直找不到，也許她沒死，只是成功逃走了。與其說我在找蝴蝶，不如說在找她。」

「你一定很愛她！令人……討厭。」

「死亡當下不是最可怕的，之後更可怕，無聊痛苦永無止盡……。」

「我好怕，你可以抱我一下嗎？」

「不行！我弟喜歡你。」

「我不喜歡他啊！」

「我刻意疏遠你，你太漂亮了，不會是山裡人，以前為弟弟找的女人都留不住，嫌他醜嫌他畸形，或者要求嫁我，我討厭只注重外表的女人，他外形雖醜，生理跟正常的男人一樣，內心像小孩一樣純真。」

葳起初只是眼眶紅，淚水慢慢淹沒臉頰，她不管了，從背後環腰抱著他，像撒嬌又像是抗議，用頭撞他的背，他的身體僵直好一陣，終於軟化在她的懷裡，他們就這樣相擁失去時間，只要這樣就夠了。她靠在他背上哭，自從母親死後，第一次放懷痛哭，也許對死者的告別，必須用自己的方式，餘生者才有勇氣繼續往前走。

他們四周彷彿有蝴蝶在飛，彷彿是幻覺，時間停止了，而他始終沒轉過身來。

「大小哥哥不見了！」孩子帶領工人來找他們，他們趕忙分開。

「該死！他跟著我們上山，看見了。我們分頭找。」鬍子說。

「我也要幫忙！」孩子們鼓譟。

「不行，你們太小會迷路，都回家去！」

「你也回去！」這句話是對葳說的，他又回復冷漠一號表情，而且氣惱。

山中的夜令人戰慄，氣溫下降，群山更嚴酷，冷如鉛塊，壓迫著人們心房，樹林像群鬼，魑魅魍魎無處不在，葳守著寫字伯伯，天黑之後，工寮太冷，他們移往圖書館等候，寫字伯伯專心抄書，臉色蒼白得可怕，她手裡拿著最喜歡的書，卻一個字也讀不下。葳自責很深，都是因為她，大小哥才出走，她沒信仰，只有祈求天上的母親，保佑大小哥安全，這裡山路險惡，很容易迷路。大小哥快回來，只要他沒事，她會放了蝴蝶哥，也會殺死心中那個淫蕩的自己，離開這個地方。

一直等到近半夜十二點，蝴蝶哥帶著大小哥回來了，兩人一身泥，是否扭打掙扎過？兩個人都不看葳，分別去洗身換乾淨的衣服，寫字伯伯去熱菜，葳回到房中整理自己的行李，其實沒什麼好整理的，只有她來時穿的學生服及書包，白襪子白布鞋，把不屬於她的整整齊齊疊放在床上，天亮就走，算一算她在這裡住了十幾天，感覺上過了好幾年。

葳躺在床上等待天明，她為這裡的未來悲哀，也許不能說是悲哀，而是回復固定的原狀，那是一種特殊的感情生態，單性，雄性，無偶，無愛，無性，無繁衍，無生殖的靜態生命，對應著錦鯉強盛的繁殖力，因著這過度繁衍而自我閹割。也許他們此後不會再讓任何一個女人進入他們的世界，一輩子綁在一起，只有錦鯉陪伴他們。過幾年蝴蝶哥老了，他會越來越像寫字伯伯，每天寫字、種花、教育孩子、打瞌睡，他們都會很長壽活到一百歲，就算活到一千歲，也不會有一個位置屬於她。這原是他們選擇的人生，一個綁一個，而她只是偶爾闖入的意外，掀起一些漣漪，一切終將恢復平靜。

天才微亮，葳走出房間，留戀地把圖書館、實驗室細細看一遍，拿下一張黑鳳蝶的照片作紀念，她想找張蝴蝶哥的照片，只找到三個父子的合照，那是還在澎湖老家前，蝴蝶哥頂多十八歲，跟自己一樣穿著高中制服，他有著明朗的笑容，俊俏的臉，而大小哥更像小孩，笑得像彌勒佛，歲月扭曲一切，包括人的臉。把照片夾進書裡，走下樓，看了看錦鯉，牠們圍過來，好像要跟她道別似的，葳碰了碰那隻沒人愛的黑金鯉，像寫字伯伯的字一般黑。

走出魚池，看到往「公車站」的箭頭指示，那是寫字伯伯的字，她要往回走了，回到她原來的世界，朝終點站走去，現在她終於明白，終點站之後還是有終點的，它在你的心中，只有自己知道。

葳存著希望，還能夠跟蝴蝶哥道別，她回頭看那棟白色洋房，有一些彩色飛動的點點，飛向她這邊來，有幾隻來到她面前，其他飛開了，是蝴蝶！是他放走牠們，而蝴蝶哥一定就站在窗戶後面目送她離去，她確定。她幸福地笑著一面默念：

然後，他說他不知道再說什麼好了。然後他對她說了出來。他對她說，同從前一樣，他還愛著她，他永遠無法停止愛她，他將愛她，直到生命盡頭。然後，我突然哭了起來。

——原載二〇一三年二月《短篇小說》第五期

荒漠

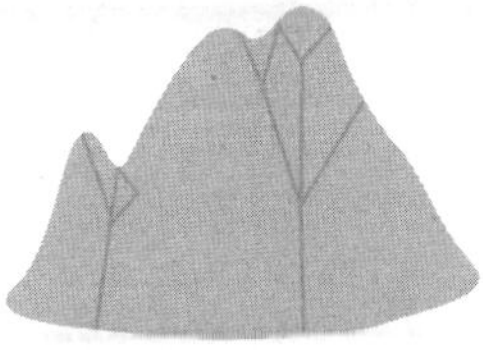

遺照特別挑鴻鴻最好看的年輕容貌；葬禮後，此時在牆上正含笑看著三個姊姊，她們圍著客廳的茶几喝茶，三兩杯淡茶無心無緒斷續喝，背後客廳牆上掛著弟弟的大幅油畫作品，幾乎占去整個牆面，畫的是沙漠，烈日下的沙雕如人體的肋骨痕，電影銀幕般寫實，她們的身影融進畫裡好像是電影中的人物，因在沙漠中走得太久看來乾渴而虛弱。

「弟弟的畫怎麼辦，總有上百幅罷？」她們幾乎同時回頭看著畫說，沙漠中的陽光白熱化，不自覺地瞇眼，其實是眼乾。

鴻鴻的葬禮結束後，三個姊姊商量善後之事並整理遺物，他生前最愛畫畫，得過獎卻沒賣出過一張畫，半個月前從自家十樓頂樓跳下來，當場死亡，死年才四十。葬禮很簡單，來的朋友不到十個。人死後的事更麻煩，所謂的後事就是為折磨餘生者而設，然後是遺物，除了房產與極少的存款之外，留下的就是一堆畫作，以油畫為最多，大姊憶憶從美國趕回來，明天就得回去，她說她不方便帶，便提出房子不要賣，不要租，以便放置這些畫作，三姊妹共有，這樣回娘家還有個落腳處，弟弟這麼一跳，房子根本租或賣不出去；嫁到香港的二姊欣欣與住在台灣的三姊楚楚都沒作聲，算是同意，欣欣不用問也是不要畫的；楚楚跟弟弟的感情最好，喪禮由她一手包辦，明顯瘦了一大圈，眼睛紅腫小聲說：

「都交給我，我要這些畫，也許就幫他開個小型畫展。」

「唉，你也別太難過了，弟弟早有憂鬱症，自從爸媽走後，弟弟就活得不好，混得不好，他們太寵他了，再沒人那樣伺候他，整天要死不活的，走了也是解脫。」憶憶說。

「人死了還有幾個朋友來上香，也值了。」欣欣說。

「沒想到H會來，總有二十多年沒見了。」憶憶說。

「本來以為哭到沒淚了，他出現時我簡直淚崩。」

「聽說在美國當牙醫，很少回來，這次是回來看他爸爸的，順便參加葬禮。」

「可是他特地來上香，還分別握了我們的手。」

「他喜歡我們其中的一個，我敢肯定。」

H五十了，身材還是挺拔，還是愛穿白上衣，像Gay的過度斯文長相，年輕時他和三姊妹玩在一起，常常一大堆人出去玩而不單獨交談，只作眼神的追蹤，或者背後的流淚，也許是女校與男校的性別隔離，縱使脫離學校還有一道圍牆，那時大家的性別都很模糊，感情也很模糊。蒼白的年代，一無所有一無所是，他們都喜歡騎腳踏車，拉高坐墊弓著身不要命地往前加速，只有經過暗戀那人的家，才會把速度放得很慢，希望對方剛好走出來，為此繞屋三匝，如果那人真的走出來，往往驚嚇而逃。

因此騎腳踏車是極私密的行為，不可能約伴同行，連情侶都不行，在鄉下那等於是繞街遊行，太傷風敗俗了，所以只能孤獨騎車，春夏秋冬幾無一日停止，夏天時戴頂草帽或鴨舌帽，冬天縮著脖子抵抗寒風，時間都在放學後的黃昏，青春的熱情要靠不斷地橫衝直撞才能發洩，只因為他們都不懂得如何表達，常常表錯情達錯意，要不口是心非，愛情令人懼怕而且驚慌失措。只有楚楚的腳踏車沒有太多負擔，那時她才十六七，許多女同學喜歡她，即即離離的她還不知道自己的性向，就是這點小煩惱，讓她的車行不順，飄飄搖搖。許多男孩與女孩故意騎車經過她家，那時大家住的都是一戶一棟的平房或三樓一頂的透天樓房，遠遠就可以判別，那個人騎車來是為了誰，通常是相熟的卻裝作不認識，或者故意停在對面的雜貨店買飲料，或者相熟的誰誰跑出去跟他問好，他故意不提的那人，或者閃躲的那人就是致命的對象，那時H也是其一，但他始終是個謎，沒表態，也沒對象，他出現的時間也不固定，黑色的鴨舌帽壓得很低，黑色Polo衫顯得臉更蒼白，像一個死士般，貓著背往前衝，到底要衝向哪裡呢？在小城裡，他的朋友很多，卻沒一個能親近他，一直到接近三十到美國讀書，依然是單身。

那麼他騎車是為奔向誰呢？也許是為欣欣吧，他們一大票人常出去玩，欣欣像蝴蝶般在男孩中飛來飛去，欣欣長得很甜，沒憶憶好看但身材好又會打扮，是男孩心中的女王，幾乎那群男孩都喜歡欣欣，就只有H沒反應，冷冷地旁觀，欣欣個性雖活潑，但那個時代的女孩只能等人追，主動會遭到鄙棄，她的花心只因等不到真心要的人。

「那時H喜歡的是你吧？」憶憶對欣欣說。

「不不不，我還覺得他有點討厭我，是那種吃哥們醋的妒恨，我想他是Gay。」

三個姊妹中憶憶長得最美，西洋美與東洋美交織，從小就習慣被寵愛被注視，像活在玻璃罩中的人形娃娃。像她這樣的地方美女，通常沒有自由戀愛的自由，簡直是一筆鉅大的私人財產，早早就被指定分配了，她大三就訂婚，兩家是世交，也算青梅竹馬，未婚夫大她三歲，在出國留學前先訂下來，他不高不帥但會念書也沒富家子的驕貴，癡心地愛憶憶，憶憶卻更喜歡同鄉的A，A長得好看帶點憂鬱，極度害羞。楚楚還傻傻的跟著她去A的大學找他，兩個年輕女子杵在男生宿舍前等，那感覺真不知滋味，楚楚一直拉著憶憶的袖子說「丟臉死了，回去吧！」憶憶沉著臉一副決心赴死的樣子，後來A終於出來了，年輕人見了面說說笑笑，到處玩到處走，所有的尷尬都隱匿，那天憶憶大聲笑大聲說的樣子，欣欣記得很清楚，回途憶憶的兩頰與眼睛像那天的夏陽一般火熱與燦爛，戀愛中的人都是瘋子，放著奉她為女神的未婚夫不要，卻要來自找苦吃，單向的愛最荒謬，明知那個人不愛你，卻把大把的熱情拚命倒給他，又或許單向的愛最後都是跟自己戀愛，自殘自傷自說自答，後來A一直沒下文。憶憶跟著未婚夫到美國留學，拖了一陣子才結婚。那段時間A也到美國，憶憶相隔二十年才聯絡上他，還見了幾次面，兩人各自有婚姻、小孩，樣子也還沒走樣，她的感覺還是那樣熱切，果然得不到的最好，A還是那樣淡淡的，溫吞的個性，他對太太也這麼淡嗎？他大約說了一下他們的婚姻，朋友介紹認識，交往好幾年才結婚，生活平淡，兩人都是基督教徒，主耶穌才是生活的重心，A的好歌喉都獻給了主，在教會唱詩班中當主唱。

月光戀愛著海洋，
海洋戀愛著月光。
啊！
這般蜜也似的銀夜，
教我如何不想她？

憶憶喜歡唱歌，還學了一陣聲樂，後來同鄉會組合唱團，憶憶是女Solo，A是男

Solo，A的聲音乾淨而拔尖，憶憶的聲音纏綿而銷魂，兩個人的聲音在歌聲中神交而直上雲霄、或者激辯而震撼靈魂，他們在歌唱中合為一體，憶憶總想這樣的絕配為什麼不是一對？A憑什麼不愛她？她不懂，更無法接受，不是每個人都愛她這件事實在難以忍受。練唱時或表演時，有時欣欣會來，這時A開始緊張到唱不好，不是忘詞就破音。明眼人都可以看出來，但A實在太靦腆，太容易緊張，憶憶就是不願意發現或面對。欣欣自己沒發現，只覺得A老躲著她，對越喜歡的人躲越遠，或者喜歡上不該喜歡的人，愛情腺體無情且冷酷地操縱著浮塵男女。

是因為她已訂婚，而不願冒犯她？憶憶為此提出解除婚約，訂婚不久就要退婚，雙方父母激烈反對，未婚夫特地回國挽回，鬧到不行時也跪下了，她哭了好幾天，家庭革命沒成功。為什麼？為什麼？大家問她為什麼？因為愛上別人，而別人並不愛他？她回答不出來，這裡只存在半個理由，如果A愛她，那麼她可大聲說出，我愛上別人而別人也愛上我，請你們成全我們吧，下跪賠償私奔都可以，心連心堅決抗爭，只因為那是說不出的理由，她失敗了。

「我倒是跟A見了幾次面，他每次都會提到欣欣。」憶憶苦笑著。

「我？我才不喜歡他咧，不過他也沒追過我就是了，悶葫蘆一個。」

「他跟我要了你的電話、信箱，應該找過你了吧？」

「不不不，有三種男人不能見，初戀情人、五十歲的舊男友、砲友。我不是擔心自己，是擔心他們，他們看到我現在的樣子會昏倒吧？讓他們留住最好的記憶吧！」

欣欣把名聲玩壞了，挑了個香港僑生嫁到香港，丈夫做生意開國際貿易公司，她每天送孩子老公出門，就邀人逛街喝下午茶、搓麻將，一直到四十出頭，發現罹患子宮頸癌第二期，馬上動刀把整個子宮連卵巢拿掉，幾個療程做下來，剛開始人瘦得像鬼，待控制好病情，身材又像吹氣球般大三倍，樣子快接近沈殿霞，為此她總在魔鬼式的減肥中，還特地做了微整形，繡眉毛紋眼線，電波拉皮，連在家都是大濃妝，整個人像過氣的老明星。欣欣病後一直在情感的懊悔中，如果當時她不要在幾個哥們身上找掩護，或許H不會躲著她。那年初見面時，大家都才十七八歲，她看到H時雙眼一片白霧，連那人的樣子都沒看清楚，就完蛋了。愛到底是什麼？太讓人害怕了，只有轉移目標，跟一大票人玩在一起，只要能看到他就好。而越是這樣，他的臉越冷越硬，她常騎著腳踏車在田野中亂走，繞一大圈就為經過他家，明知經過也不會看見，癡望著他家的房子，或者房子裡溢出來的燈光，在家等他騎車而來通常是空等，他經過的次數實在太少，等到他的身影出現，她只能躺回床上，淚流不止。她知道他不是為她來，每次只要意圖靠近，他便閃躲。如果如果如果，H願意愛她，那麼她的人生也不會連同子宮一起爛掉，她的病可能都因此而起。在懊悔中把所有過錯推向一個人，而這個人不用做什麼，就把她的人生摧毀了。這種追悔是她能認同的，經過選擇與淘汰的唯一理由，在絕望中還能發出微光，彷彿洗淨了一切，雖然是自欺欺人。

A找過她幾次，要求見面都被她回絕了，她完全能體諒憶憶變得越來越暴躁與不講理，姊姊有時對她十分尖刻，她到美國後完全變了一個人，連長相也變醜了，以前她是不管在哪一群中都是最漂亮的那個，現在是在哪一群人中都是最平庸最潑辣的那個，愛錢愛計較，她不快樂，她覺得她的人生是個失敗，她完全了解。

「我昨天倒是打給H，聊了好一陣，他問的是弟弟。」憶憶說。

「就說他是Gay，弟弟也是。」

「那時弟弟才八九歲，不可能。」

「可能是同志相惜吧。」沉默的楚楚這才出聲。

楚楚長得很淡，秀氣的臉小小的五官湊在一起卻有股英氣，有點像清水美砂，她先愛過女人，再愛男人，在接近結婚時，發現他年少時跟女孩生了孩子，孩子都快十歲了，還不願結婚，而且一直瞞著她，最不能忍受的不是欺騙，而是分手暴力。男人揍她，然後跪在地上懺悔，再揍她，一直揍到她腦震盪送急救，最後只有報警處理。

男人被限制活動，還是不放過，她躲他十年，後來他終於結婚才放過她。楚楚快四十成為公開的女同志，跟T住在一起已經六七年，激情漸漸轉為親情，因為作息不同，晚上分房睡，同志的愛情一樣會萎縮荒蕪，楚楚最近把心思放在照顧貧童上，她學的是社工，最後變成慈母。

Bi像沙塵一般微小，肉眼難以判別，只有戀火掀起時如沙暴一般摧枯拉朽，楚楚遇見的T都是鐵T，會把啤酒罐捏爆，敲斷酒瓶自殘的那種，遇見的男人也是恐怖情人，為什麼會這樣，大家都怪 Bi 男女通吃，無忠誠度。其實楚楚都是被動，如果說對性別的包容度大，而形成這樣的致命傷，那種致命的牽扯很難說明，沒有人一開始就是 Bi，許多人是情緣坎坷不得不然，或者她們對所有的愛開放。若說楚楚有什麼致命的吸引力，那就是她像海綿般柔軟，以致什麼都不確定，都有可能性。有人有追愛狂，楚楚只有被愛狂。

「有一次，我們在郊外的小路相遇，他突然煞車……」楚楚像說夢話一般，眼睛變細了，聲音小得聽不見。

「原來他……」

楚楚清晰地記得那天，快滿十八的夏天，馬路上的柏油都融化，一個又一個黑疙瘩，腳踏車好像行走在麵團中，車輪微微下陷，馬路上交錯的車輪痕跡令人迷亂，酷熱的夏陽曬得皮膚刺痛，這樣的陽光可以曬死人，楚楚心想著，她戴著草帽穿著白色長袖上衣藍制服裙，一路騎往附近的樹林躲避陽光，這一帶是一片原始森林，熱帶植物密布，古木遮蔽天日，裡面蔭涼，她可以在這躲幾個小時，直到太陽下山才回家，穿過樹林的小溪水流不盛卻清可見底，有小蝌蚪、透明的小蝦，有一次還看見水蛇，她把手探入水中，冰涼沁心，乾脆連鞋襪都脫了，這時聽見腳踏車的車鈴聲，好像是頻頻警示危險，然後踩煞車停在她的身邊，那車鈴與煞車聲，不用看就知道是誰，當她抬頭時，四目交接，她應該閃躲，卻勇敢迎接他的灼灼目光：

「水裡有蛇，很危險！這一帶青竹絲特別多。」

「我知道，我看過，只要不驚嚇牠們，牠們不會傷人。」

他們就是這樣聊起來，樹林中像另外一個失樂園，只有一個男人一個女人，有時靜默，有時相視而笑，一起走入森林的最深處。之後常常約好似地在樹林中相遇，那時的楚楚很中性，跟男人在一起是女人，跟女人在一起自然成為婆，Bi 太迷亂了，她們的戀情更迷亂。但那時的楚楚還沒有喜歡任何人，她只喜歡跟H在樹林中聊天、探險，他大她好幾歲，卻比她更像孩子，爬到樹上睡午覺、或者學泰山喔伊喔，抓著樹藤想飛到另一棵大樹去，沒想到樹藤斷了，摔坐在地上。楚楚想拉他起來，被他一把抱住。楚楚掙脫他，跑出森林。如果H再繼續追趕，把她逼到死角，也許他們會在一起，但H也是個被愛狂，他不積極追求，只等著被愛，兩個被愛狂在一起，像沙丘疊上沙丘，一虛幻加虛幻，所有的不期而遇就此中止。

於是就有冷峻將斃的表情，H常常騎車在她家周圍繞來繞去，可是她知道欣欣喜歡H，基於某種潔癖與道義，她一定得抗拒。種種可笑的堅持，她選擇跟女孩在一起藉以了斷H的心，然而她到底有沒有喜歡過H，也許有，但那時的她尚且不明白自己要的是什麼，年少的心無界限，無邊際。

那一年適逢四年一度的迎媽祖大拜拜，之後是為期五天的祈安醮，祭典期間，全鎮動員，小學生扮仙女、蚌精、觀音，中學生練八家將、宋江陣，大學生則舞龍舞獅，各陣頭藝閣繡旗爭奇鬥勝，迎媽祖鬥鬧熱的重頭戲是旗號與藝閣，郊商出陣頭必有旗號，大家在旗面上各出奇招，名副其實地鬥鬧熱，各個陣頭、各種行業，藉機炫耀，極盡奢華之能事，有時旗面之大，數人方能扛行，這樣的旗隊有幾十幅，令人眼花撩亂。還有那扮演神仙故事、民間傳奇、教忠教孝的藝閣，因有專人設計，服裝與裝置皆精緻炫奇，如同一小小戲台。當時九歲的鴻鴻因長相秀美被選定扮觀音，他身著白袍，眉間點觀音痣，坐在蓮花座上雙手合十、扮相絕美，大家跟著觀音座像移動，如痴如狂的像粉絲追星，只為能挨近一些擠得你死我活。那個祭典大家彷彿著魔般，追著迎神隊伍跑，凡人因絢麗的扮裝而具有戲劇效果，每個人都在那齣戲中，那些個被神附身的乩童不停地用釘錘搥打自己的身體，血花四溢，人們的心因此洞開，有的跪地膜拜，有的大聲哭喊，憶憶、欣欣流著眼淚祈求「神啊！給我我要的愛，就算看我一眼也好。」H與他的哥兒們組成的舞龍舞獅隊，全部由本地世家大學高材生組成，A也在其中，經過一段密集訓練，威風八面精神十足抓住群眾的眼光。憶憶、欣欣、楚楚追著隊伍跑，其實他們的身體都被龍頭龍身獅頭獅身包住，分辨不清誰是誰，只有在表演完一個段落，他們會露出本尊擦擦汗，剛成年男子的身軀蒼白瘦弱，尤其是斯文的A，他的眼睛在人群中找欣欣，卻找到憶憶的，H的眼睛尋找楚楚，迎上來的是欣欣的，楚楚跟隨著鴻鴻，好像追隨神的指引，媽祖的鑾輿計有十六人抬，顛轎作醉步，三個乩童作為前導，一個拿劍往後劈，一個甩釘球，一個劈釘棒，全身顫抖並跳乩，正當三姊妹回家休息喝水時，其中一個乩童跳進他們家，血濺到楚楚身上，大家都驚慌四逃，楚楚昏倒了，許多人說這是神蹟顯現，能驅鬼避邪帶旺家運，許多人圍攏過來，A與H都在場，他們共同見證了一場神蹟，或者說是經歷一場集體催眠，被帶向人生另一個方向。楚楚像歐蘭朵一樣睡了三天三夜，醒來時變成另一個人，或者在場的人都變成另一個人。

如果那個祭典有什麼天啟，那就是錯迕的人生與愛情是無可逆轉的，天意難測，他們的心經過地獄般的痛苦，在神前垂胸頓足、撼天動地，流盡汗水與淚水，臣服在天意之下而有了新的決定，那次的迎神祭典，改變他們的人生方向與性別。憶憶決定嫁給未婚夫，欣欣結束花蝴蝶的日子，楚楚決定接受女同學的愛，A與H決定遠離這個小鎮，而還童駿的鴻鴻在蓮花座上彷彿作了一個很長的夢，在夢中他是個仙女，翩翩飛舞。

那之後的新安醮，全鎮齋戒五天，市場的肉攤休息，夜市殺蛇賣肉羹肉丸的都收攤，連麵包店也不做糕餅，西式點心被認定是葷的，家中的三餐只有燙青菜與豆腐，吃了一兩餐就倒胃口，楚楚寧願餓肚子也不肯進食，有許多年輕人跑到鎮外吃肉，年輕人無肉不歡，特愛高熱量。楚楚餓到全身輕飄飄，像一縷幽魂飄到廟口，以前這裡擠滿小吃攤，賣肉包、打香腸、花枝羹、炒麵……，現在都不見了。戲台上正上演《孟麗君》，忽男忽女的孟麗君應該是風情無邊的，可能是吃素或沒吃飽熱量不足，演員唱得有氣無力，豪華的戲服空空的，像布袋戲一樣，氣派的歌曲變得像哭調：

英雄寶劍氣如虹
美豔丞相絕代妝
人隔千里遙盼望
盡拋恩怨去無踪

風流天子多倜儻
上林苑中春意濃
多情師娘情難放
三美團圓伴玉郎

戲不好看，楚楚往廟埕的另一邊走去，各家的供品桌上擺的都是素雞素鴨，她覺得一陣反胃，廟埕四周掛著畫，都是地獄變相圖，自殺罪最重。自殺是愚癡的，也是很苦的，白殺後的罪報更苦，要受反覆自殺的痛苦。另有抱柱地獄、寒冰地獄、糞屎泥地獄，車崩地獄、刀山地獄、割腎鼠咬地獄、狗嚎狼啖地獄、鐵汁地獄、阿鼻地獄、孟婆地獄，畫像有年代了，畫得很淒厲慘烈，楚楚看得全身發抖，冷汗直流，一如遍歷煉獄，日後每當想死時，都或浮現這組圖，絕不能自殺，再苦也要撐下去。她那時還不是佛教徒，生長在宗教狂熱的小鎮，宗教就像這些圖像，深深植入腦中，或許他們沒有宗教狂熱，只有愛情狂熱。

正當她看得出神，欣欣也來了，她也是兩天沒吃一粒米飯，凹凸有致的身材像酒瓶一般細瘦，輕盈地站在她身旁，她沒有發抖，只是淚流滿面：

「人活著痛苦，沒想到死後更痛苦。這些畫好可怕！」楚楚說。

地獄還魂。

「那裡，我大概去過了。」欣欣的臉好蒼白，楚楚驚嚇地看著她，彷彿她真的從地獄還魂。

「二姊一向開開心心的，幹嘛嚇我。」

「我希望快點老，不是說老了什麼都看淡，年輕時把愛情看得比天大，那是種病態。」

「老了我會當尼姑吧！」

那天晚上，楚楚半夜醒來，聽見尖細的哭聲，像初生小貓呼喚母貓的啼哭，她起身一陣踉蹌，餓到全身發軟，飄到院子，院子中有人在打掃庭院，掃把拖來拖去，是幻覺吧，她覺得背脊發冷，在這個人鬼神交織的節日，發生什麼事都不奇怪，她尋找哭聲的來源，走到欣欣的房門，推開一點門縫看，她披散長髮（那年代的女生都留一頭及腰如瀑布般的長髮，楚楚理的是沙岡超短髮），她坐在窗邊，臉朝窗外哭啼，單戀這麼苦，原來她說的地獄去過是真的，就在那刻，她決定背向H，朝向一個未知的方向。回房間的路上，那支掃把還在掃，定睛看仔細，原來掃把用繩子綁著掛在竹竿上晾曬，風一吹掉落下來離地很近，看起來真像有女鬼在半夜掃地。

她走向憶憶的房間，憶憶的房間的三扇窗都敞開，月光與夜風在房子中流動，憶憶坐在鏡子前扯下她的頭髮，地上的斷髮堆積成小丘。憶憶的長髮烏亮豐厚，有一次洗髮後楚楚幫她紮馬尾，一手還握不攏，人一旦自厭自棄，先毀的往往是最美好的部分。

感情淡些好，楚楚也希望快點老。

現在她們都來到更年期，情欲真的淡了，但老完全不是她們原來想像的樣子，情緒更起伏不定，脾氣暴躁，每個人的缺點放大，形成一種糾結的怪癖。憶憶愛錢愛計較，欣欣有整形癖，楚楚則有散財癖。以前大家都說三姊妹像一個模子長出來的，她們彼此模仿，連頭髮都一致中分，常有人認錯。其實遠看相似，近看差別很大，只是輪廓與氣質相像。最主要是形影不離，同進同出，一件衣服輪流穿，那時的她們無話不說，彼此謙讓。現在常動不動就吵起來，尤其是憶憶與欣欣，兩個人隔著太平洋還是常吵架，吵就是一兩年互不聯絡，如此一來一往，姊妹感情倒真的淡了。真正決裂的那次，當憶憶知道A常打國際長途電話給欣欣，姊妹為此在電話中吵了幾次，欣欣有次到美國，想順道找憶憶，憶憶回覆她家裡太小不方便留客，要她住旅館。欣欣碰一鼻子灰，但還是去了，花了五百美元住在她家附近的旅館，飯倒是賞賜了一餐，清湯寡水的榨菜肉絲麵，搭配只有幾道小菜，吃完飯憶憶特地帶她參觀剛在比華利山買的大房子，前主人是電影明星，光化妝室就有五間，每一間都比她的客廳大，書房兩間，客房三間，全部是花崗石與水晶燈，憶憶的房間大到可以打籃球，義大利文藝復興風，牆壁填滿壁畫，裸體的男神女神在空中飛著，像佛羅倫斯千泉宮的壁畫一樣，技法很蹩腳，女神的臉虛胖，就像憶憶變形的容貌，睡在那裡空虛得像陵墓吧？

結果是兩個人大吵一架：

「真想吐，我想回去了。」

「是你自己要來的。」

「我到底哪裡得罪你了，對自己的妹妹比外人還刻薄。」

「你自己知道。」

「你未免太幼稚了，都五十了，還像少女一樣幼稚。明知道我不喜歡他啊！而且你生活這麼富裕，姊夫這麼愛你，有什麼好計較的？」

「我不像你有三個孩子可以繼承家業，最好死前把錢花光，一毛錢都不讓外人花。」

「你真噁心。」

「說好你的老三給我，花了一大堆錢，幫你養了半年，最後反悔硬抱了回去，你知道那種割肉的痛苦嗎？」

「割肉的應該是我吧？畢竟是自己的骨肉……」多年來的心結讓欣欣一時哽

咽。

人老了並不一定有智慧，足以看淡一切，有時還更變態，可能還不夠老吧。憶憶的痛苦，她要分攤大半，這輩子都無法逆轉了，那她的痛苦呢，誰來分攤？

「看弟弟的日記，他一直跟H有聯絡！」憶憶與欣欣捧著那本日記一起翻閱。

「弟弟到美國遊學那幾年，H一直照顧他，像照顧自己的孩子……弟弟喜歡H，H不喜歡他……弟弟自殺……又自殺……H給弟弟的信……」

人生不值得活，年少的我也曾經是這麼想，也曾幾度想結束自己的生命，第一次在家鄉的森林，等不到那個女孩，我殺了我自己，奇妙地是有人路過救了我，第二次在家裡，第三次到美國之後……那一次沒人救我，我吞下儲存的鎮定劑，睡了三天三夜，醒來時看見白色的房間與白色的被單，以為身在天堂，我的心靜極了，身體沒知覺，只有曾經受傷的膝蓋痛得好尖銳，那就是活的感覺嗎？痛，痛死了！我已經死了三次，死亡並不痛苦，活著才會痛，痛苦就是人生，我決定接受這樣的人生，當你正視它接受它，地獄轉成天堂，我躺在床上我輕輕地哼歌……你不是為某人自殺，而是你想殺死那痛苦，痛苦並不會走，除非完完全全接受它……。

昨晚H約楚楚見面，舊日的樹林已改為跑馬場，平坦裸露的紅色跑道，像一場大火燒去一切生物，留下一地的鮮血，他們看著人們騎著馬輕佻地走來走去，像只有自己知道的寶藏全被挖出來，盜走之後還放一把火，他們對著跑馬場呆立許久，想要說的話變得無比遙遠。跑馬場的後面還殘存一小片樹林，他們往樹林裡走，楚楚想如果生命再重來一遍，她也許會接受H的愛，那麼在一起的話，她與欣欣的下場就跟憶憶與欣欣一樣，人對自己的初戀對象最沒雅量。很明顯的欣欣忘不了他。他知道嗎？該告訴他嗎？不，這樣的愛是只有當事人能享有，祕密的痛苦，還帶點自虐的快樂，否則不會緊緊抓住。這種自虐的痛苦與快樂，或許也是證明自己活著的方式。

「為什麼沒結婚？」

「你害的。」

「你也沒結婚啊！」

「你害的。」

他們大笑，這樣就夠了，一切的一切就讓大火燒盡吧。

H說那一年弟弟到美國，在洋人同志圈很受歡迎，有「Pub 女王」之稱，那時的他傲驕囂張，被許多人追捧，玩得實在太凶，一直到得性病之後，變得沮喪自暴自棄，剛開始還有人陪著他看病，後來再沒人理他，這期間爆發憂鬱症自殺過兩次。H就在這時照顧他，他以為這是愛情，想緊緊抓牢他，H那時剛與一個女孩交往，幾度拒絕他，他在H家住了幾個月，一直到把病治好。

弟弟死前幾年，瘦得像白骨精，頭髮幾乎全白，剛開始頹廢到閉門不出，後來跟著法師打坐學佛，理了光頭，穿灰衣，就像比丘，心情變得較平靜，整天畫畫，昔日的美少年如今變得像骷髏，果然色即是空，圍在他身邊的男人都不見了。楚楚陪著他到各個道場走訪法師與上人，跟著打禪七，自己倒成為虔誠的佛教徒，她參加道場的志工活動，常常住在廟裡。有時思想著是否乾脆剃度為尼，現代的比丘尼跟以前大不同，賑災、念博士、世界各國到處跑，打手機開臉書，什麼事都不落人後，有個年輕師父就一個人從西安走到印度，沿著玄奘法師取經的路途，完成驚人的壯舉。

然而她放不下戀人與弟弟，弟弟死亡那一天，再度把自己裝扮成觀音，化女裝著白衣，眉間點紅痣，在床上打坐一段時間，過不久就縱身跳樓。

原來宗教也沒辦法滅除他的痛苦，她的幻滅感因此加深。

是什麼讓她們的生命漸漸腐化，或者生命即是邁向腐朽的過程？當她們的父母相繼過世，在辦喪事與守靈期間，她們一起相對摺蓮花，抄佛經，在漫長的守靈夜中長談，穿著白色孝衣淚眼相看，但凡穿上那襲白衣，蓬首跣足，看來就令人垂憐，彼此彷彿看見彼此的孤單與可憐，有什麼比披麻戴孝的哀家屬孝男孝女更值得哀憐與恐懼？當她們被圈成一種被死者拋棄的遺孤，每個人對她們握手，而她們一起答禮，在入殮時爬在地上繞著棺木哭啼拍打搥胸頓足，她們成為相同的悲運人物，當火葬時看著大火燃燒著至親的遺體，她們哭喊著「爸爸快走，火來了！」「媽媽快走！火來了！」「弟弟快走！火來了！」之時相擁大哭，彷彿自己的骨與肉亦俱焚燒崩毀，那痛直入心肺，原來骨肉的感覺是這樣，如此具體深刻，這時才有骨肉相連的感覺，彷佛共同經歷過地獄之劫，而再世為人，一連串的至親死亡，焚燒再焚燒，骨與肉的再三確認與鍛鍊，將她們的身心綁在一起，這世上只有姊妹相互依靠了，一切愛欲與死亡相比太渺小了。

「夠了！」楚楚搶下日記與信件，把它們丟到焚金爐中燒了。火在紅色鐵籠中燒得更旺了，像一只紅燈籠般，三姊妹望著那盆火，看著弟弟的照片，他笑得好燦爛。

「有時活著不如死去。」不知誰說。

客廳中的光線漸漸翳黑，三姊妹在沙漠中走了一天，臉孔都變得烏烏亮亮。

——原載二〇一三年八月三十日《中國時報・人間副刊》

那翡紅的雪

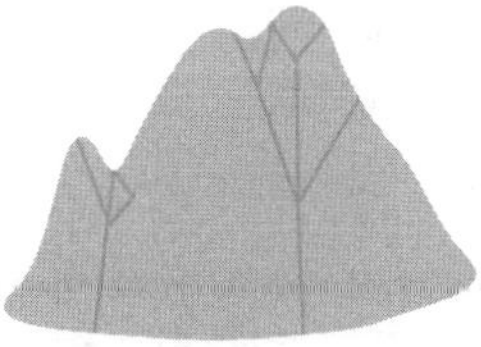

慣常的，每天午後一兩點，我進入這山城唯一的咖啡屋，坐在固定的靠窗位置，打開書放在桌上，大多沒看只是發呆，遇有靈感時才拿出 iPad，記下些靈感片段，自從搬到山區居住，這是我唯一的個人時光，極不希望有人打擾，還好初搬來認得我的人不多，有也不會進這家咖啡屋。這裡平常客人不多，大多是山民運動後或工作中偷空來這裡喝杯咖啡，重點不是咖啡，而是有時間喝咖啡，這在這裡是特別奢侈的一件事，大多數人覺得這裡的東西難吃又貴，只有傻子才會進去消費，平常生意很普通，只有假日遊客把狹小的空間塞爆，兩個服務員忙不過來，臉色氣呼呼，服務品質大大扣分，咖啡杯變成紙杯還有人排隊，把快經營不下去的咖啡屋又撐住。

當我好不容易等到我的咖啡，放在托盤上試圖在人龍中保住我的精神食糧，這時有個矮小的男人貼近我說：

「你是小偷，偷走我的靈魂。」

那人經過我身邊時，在我耳邊丟下這句話。我看了他一眼，臉孔熟悉又陌生，他是瘋子嗎？還是認出我是誰？作為常上媒體的公眾人物，你在明處，他人在暗處，經過幾次恐嚇勒索事件，才決定隱居到這山城，沒想到還是有人跟蹤到此，這令我恐慌，畢竟才搬來三個月。但他的臉看來在哪裡見過。為什麼會說這麼奇怪的話？也許只是個無聊的人，就當他是瘋子好了，現在精神失常的人那麼多，還是別理他，坐回我的位置，那男人坐在咖啡廳斜角的角落，好像安排好似地，我在這斜角，他在那斜角，形成一對角線，他正以奇怪的神情看著我，好像我們認識很久似地，我的記憶陷入混亂，服用安眠藥二十幾年，我的記憶嚴重缺損，經常忘東忘西，尤其是人名、人臉對我簡直是記憶的土石流一樣，沖毀殆盡，上課時講到人名馬上出現痛苦的空白，為了怕學生發現，盡量不提人名，奇怪的是理論與引文大多還能應付，教書已進入第二十五年，現在擔任院長的行政職務，在醫學院只剩一門課，五十五歲以後在醫界也只能做行政，手術刀早已拿不穩，課也力不從心，要開的會行程排得滿滿的，要不是還帶博士生，課可以丟給助理帶就好，台下學生的眼光一副你混夠了什麼時候下台吾可取而代之的神情，這些不知死活的學生，等實習時進醫院就像進軍隊會被整到死去活來，還沒被整就是一副目中無人的樣子。他們對我的興趣在另一方面，學生愛聽我講故事，談演藝圈的八卦，我算是醫生作家中混得最好的一個，每本書都是排行榜前三名，小說被改編成連續劇也很轟動，這讓我的知名度大大提升，常跟影歌星一起出現在娛樂版上，來往的都是大明星，這讓學生變成狗仔，想從我口中挖到獨家八卦，當我講他們的八卦時，個個眼睛放亮，彷彿我也是大明星一般。但在醫界這反而是個阻礙，大家認為我不務正業，一個人怎麼能同時做好兩件事呢？

為了證明同時能做好兩件事，我用三年讀完醫學博士，拚命發表論文，我的速度就是比別人快，才二十出頭當上VS，四十就升教授，旋即當上科主任，有人說我「占盡便宜」，較客氣的說「得天獨厚」；同時我的小說也一本一本出版，讓人懷疑我有分身跟槍手，不可能的，他們以一般庸人的思想猜度我。我是有個全力支持我的老婆沒錯，她也在醫學院教藥學，在作研究上多了一個得力助手，但她絕非槍手或替身，我成功的祕密源自巨大的創傷與屈辱，小時候曾被認為是智障的自閉兒，為了證明自己並非笨蛋而做出的努力，只有受盡輕蔑忽視的人才有這種瘋狂的爆發力。

在全家都很會念書高智商的家族中，在過度的壓力下變得退縮，講話認字都比別人慢，反應也很遲鈍，成績都是倒數，成天躲進漫畫書與小說這些被認為是「廢料」的世界中，我像個木偶般整天不說話，父母為此還帶我去看醫生，以為生下一個智障兒。

記得我常逃學到學校後山森林裡晃蕩，去看一戶人家養的白狐狸，長長的毛白得發亮，黑色的眼珠像柏油一般黑亮，山上人家喜歡養些有的沒有的，大多是獵物，山豬、穿山甲、黑熊、貓頭鷹、大蜥蜴、大蟒蛇……，但還沒見過養狐狸的，不知為什麼我覺得牠很美，一雙眼睛溜溜轉，好像通人性一般，歪著頭聽我說話，我帶些餅乾餵牠，漸漸不怕我，尖尖的小嘴在我手心裡吃東西的樣子讓我好滿足，在這裡像個告解室，不知跟牠說了多少內心祕密，我的話多而俏皮，一點語言障礙也沒有，至於為什麼會對一隻狐狸傾訴，我也不明白，可以肯定的是這是唯一讓我快樂自在的地方，也是我的祕密基地。後來不知為什麼被同學發現，他們一大群人由王浩然率領，把我包圍在鐵籠前，有人說：

「笨蛋，你在看什麼，鬼鬼祟祟的。」

「狐狸，牠是我發現的。」我用身體遮住鐵籠，王浩然撥開我湊進籠子前看了一眼，哈哈大笑。

「這是雪貂，養大後要剝皮做大衣的。大笨蛋，狐狸跟貂都分不清楚。」

「笨蛋，大笨蛋，笨到沒藥救了！」大家叫囂，我漲紅了臉推開他們跑回家，找出動物圖鑑，貂是鼬科，狐狸是犬科，看起來很像，但貂的臉較圓較可愛，我沒想到有人會養貂，想到長大將被剝皮做大衣，連作好幾晚噩夢，最後實在受不了這種種可能，破壞門鎖放走了牠，幻想牠演變成貂仙報恩之類情節。誰知牠是凡夫俗骨，那隻雪貂後來自己跑回來，因為太生氣又害怕，好長一段時間不去看牠，經過幾個月再去看，貂不見了，我搥打著鐵絲網，難道牠真的變成一件貂皮大衣，從此我對穿貂皮大衣的女人很痛恨，還寫過一本書諷刺她們。

那隻貂在記憶中成為恥辱又痛苦的記憶，常常浮現在腦海揮也揮不去，笨蛋，笨蛋，笨蛋，沒藥救的大笨蛋。

第二天、第三天那個人還是坐在同樣的位置看書，兩個人像行星般保持等距運行，是情敵？還是債主？說到情敵，當年我的妻子鍾寧是一堆蒼蠅圍繞的班花，我討厭驕傲自以為是的人，無論是男人或女人，在我的字典裡沒有「追」這個字，尤其是只有外表沒有內涵的女人。一直到大三參加文藝營，她也報名參加，才知她也熱愛文學，兩個人漸漸有話聊，那年我拿下文學獎第一名，她得佳作，兩人合辦學校文學獎與校刊，就這樣自然在一起，追她的人那麼多，搞不好是其中一個。

第七天那人坐到我的對面，我感到被侵犯般，身體往後仰，他以譏誚的口吻說：

「怎麼樣？還是認不出我是誰嗎？曾定一。」

「我很不會記臉。」

「都四十幾年了，你老了，該往下坡走了，記憶力不行了。」

「對不起，你到底是哪位？」

「王浩然，我們小學同學從一年級一直到六年級。」

「我記起來了！永遠保持第一的王浩然。」這下子他的臉好像甩餅越變越大，王浩然，這個被認為天資聰穎，年年拿全校第一的好學生，走在校園常有人指指點點，他不僅考試成績拿第一，作文、演講、田徑，連童軍結繩比賽也拿第一，只要能拿獎的都是第一絕無第二，因此有「得獎王」、「第一王」之稱，他也是罵過我「笨蛋」的孩子王。在山城中從來沒出過這麼優異的學生，老天爺不公平地給他好腦袋，卻也公平地給他醜陋的長相，身材瘦小，小眼睛、朝天鼻、倒開口笑的大嘴，像哭喪的小老頭，在他身上連一絲孩童可愛都擠不出來，這張醜臉提早老去，永遠沒年輕過，眼前這張臉也沒更老，只是更加醜陋憔悴幾分，看不出性別，更接近夜叉的臉。

在山城中成績好的都往外發展，他初中念市一中，聽說也是維持全校第一，高中到台北念建國中學，那時就傳來精神失常的問題，鄉下小孩到城市念書大多過得不好，念北一女那個女同學晚上聽說被鬼壓床，休學一年，復學後成績趕不上，大學只吊了車尾，種種適應不良，與倍增的壓力，讓鄉下到城市念書的好學生紛紛敗陣下來。至於念建中的王浩然，念到高二憂鬱症一再復發，有一次跳樓自殺，被老師發現，救了下來送進醫院，復學後考上中山醫專復健科，算是醫學院最後一個志願。

而我留在山村念書，成績依然不好，功課的壓力壓得我也快崩潰，在高二下為全力衝刺時，常到廟裡念書，念書累了就在佛堂裡靜坐，常常對著釋迦牟尼佛默禱，祈求讓我考上一所好大學。

靜坐之後，念書效果很好，腦袋變得很清楚，我想眼前只有努力考上好學校一途，否則只有去當兵，與其當兵不如考軍校，那時軍校不難考，家境較差的才會考，我以國防醫學院醫科為目標，而且只填一個志願。有了目標，擬定讀書計畫，從高一的課本連帶參考書從頭複習，一題一題演算，自己當自己的老師。這才發現不是自己笨，而是老師不會教，我在佛堂旁的芒果樹下開悟，悟到自己不是笨蛋，老師才是笨蛋。

考軍校需要體檢及考智商，體格不錯的我安全過關，只是從來沒考過智商，只見一大堆疊方塊跟文字遊戲的題目，我大約看了一下，八十分鐘要答一百題，只有瞄一眼的工夫可作答，沒工夫細想，於是快速作答，沒想到全部答完，出來後才知道其他人都只答六七十題。考出來成績是一百五十幾，出奇地高，一般智商在一百以下，一百三就算高智商，一百五十幾接近天才或神童，我還以為看錯了，學科成績也不錯，結果成為國防醫學院醫科的榜首，家裡雖高興，但覺得念軍校沒面子，正在煩惱著，聯考成績單寄來，算算可以上台北醫學院醫科。家裡連放兩天鞭炮，我終於證明自己並非笨蛋。

然而笨蛋情結一直陰魂不散地跟隨我，我也常懷疑我是怎麼辦到的，難道在佛堂邊佛陀真的讓我開竅增長智慧，把我變成另一個人？我常覺得我不是我，或者那個笨蛋的我依然住在我體內，一切的聰明與成功都是假象，這種不真實感一直追隨著我，我一度以為是精神分裂，自己看書研究當自己的心理醫師，卻也因此與安眠藥脫離不了關係。

「我記起你了，你是永遠第一名的得獎王。為什麼說我是小偷？」

「你現在記不得我，以前我眼中也不知道有你這樣一號人物，只約略知道你的成績不太好，連老師都叫你『笨蛋』。直到考執照那年，我們同一個考場，那時我也沒認出你，放榜時我落榜了，在通過的名單中看到你的名字，上網搜尋你的資料，發現你就是我小學同班那個笨蛋。之後，我一直注意你的發展，你越爬越高，我就越來越不順，你的所有一切是從我這裡偷走的。」

「每個人有每個人的道路，我們根本不熟，也很少見面，誰偷得了誰的一切？再說你真的混得不好嗎？」

「自從到台北念書，從來沒好過，城市的孩子笑我是土包子，他們大多有家教，至少有補習，我完全靠自己，他們又會玩又會念書，辦活動會打扮，整天談的都是我不懂的文學與哲學或舞會、電影，在他們眼中我只是讀死書的書呆子。高一上我拿了平生第一個十幾名，從此第一名離我越來越遠，高二下時到龍山寺拜拜抽籤，籤上說有一個厲鬼壓住我，從那時起就精神恍恍惚惚，常常想死。」

「你是中了第一名的魔咒，有誰能永遠第一呢？」我心想高二下不是我在廟念書那一年嗎？常常在佛前祈求一定要成功，幾次腦中浮現王浩然的臉，難道佛祖真的把我們兩個對調？怪不得我常覺得我是另一個人，或我不在這裡的感覺。我憂傷地看著王浩然那愁苦的臉，問他：

「這麼多年來你過得如何？」

「像被衰神纏上一樣，中山復健科讀完之後，覺得不甘心，家人也一直希望我當醫生。我因有先天性心臟病加憂鬱症不用當兵，比別人多兩年時間運用，又能出國，那時認識一個從菲律賓念醫科回來的學長混得還不錯，比台灣容易取得學位，於是決定到菲律賓讀醫科，在那裡五年，經歷三次政變，兩次火山爆發，火山灰像沙暴一樣無法出門，還有經常性地淹大水，學校常停課，醫院堆滿屍體，只有涉水到學校，每天晚上抱一個死人頭回宿舍作研究。在菲律賓醫生的地位不高，跟藥劑師差不多，什麼都要做，我還接生過許多新生兒，沒辦法，人手不夠，同學紅的黃的黑的白的都有，還有西非的修女，大家生活都很苦悶，家境大多不好，那時養成喝酒的習慣，好幾次喝醉酒掉到學校游泳池差點淹死，學校要退我學，好在政變後，換了校長和行政人員，讓我我逃過一劫。」

「海外的經驗聽起來很刺激，也許可以訓練出好醫生，我認識許多好醫生都是菲律賓畢業的。」

「我還沒說完。」

「那時台灣還沒承認菲律賓的學歷，要進醫院系統還要先通過學歷認定，我們同一年考執照，你過了到榮總當住院密醫，我沒通過流浪在各式各樣的邊緣醫院急診室當萬年密醫，那裡都是一些考不過的醫生，有僑生、念波蘭醫學院、大陸醫學院……還有各種奇奇怪怪的醫學院，我們待的醫院通常很偏僻，外面看出去不是大海就是稻田，所有醫護人員都住在醫院裡，床單充滿細菌，每個人都得了疥瘡，這樣的醫院永遠缺醫師，尤其現在急診室都是外包，集合了許多考不上執照的醫師。我剛開始每年考，考了三年不再考了。在急診室值班收入很多，比一般的住院醫師多，我買了房子，跟一個護士結婚。」

「聽起來還不錯！婚姻很幸福吧？」

「一點也不，妻子家庭環境很不好，我的父母激烈反對，說合八字那女的八字不好會剋夫剋父，我不信這套，跟家裡因此斷了關係，論及婚嫁時，岳父已是癌末，不久過世，我們就在熱孝期趕快結婚，岳母是打掃工人，結婚不久在清洗大樓玻璃窗時墜樓身亡，妻子原本是開朗樂觀的人，變得悶悶不樂，也許是這樣她不該生小孩，偏偏她懷孕了，生下的小孩是唐氏兒，她由產後憂鬱變成經常出入病院的精神病患，而我待的醫院因為聘用大量的密醫被媒體揭發，只有解聘所有無照醫師，我就是其中之一。這時我才開始害怕，真有所謂宿命與靈異這回事？那時你也結婚了，婚照還上了新聞，我還去聽過你發表論文及演講，你在台上，我在台下，世界顛倒過來了，在台上的應該是我才對啊！一個被認為是笨蛋的變成醫學教授，一個被認為是天才的翻不了身，是不是我被下了降頭，你被神靈附身？誰是貝多芬誰是阿瑪迪斯？我變得很迷信，常常求神問卜，手上戴好幾條佛珠。有個瞎眼的摸骨相士說，我在十七歲那年，元神就不在了，被人作法偷走了，我研究你的經歷，你創造的事業奇蹟，你的幸運與一帆風順，一切令人懷疑，一定是你，偷走我的一切。」

我驚駭地說不出話來，他的際遇誠然令人同情，但把一切推給不可知的命運之神的捉弄，未免太推卸責任，他的不幸跟他自己不夠努力也有關係，失敗的人總會為自己找種種藉口，最簡單的辦法是推給別人。不過，如果沒有十七歲的蛻變，或者運氣不好，他的人生就是我的人生，從他的敘述中我感到驚恐，好像也經歷了他的痛苦與不幸，我們對自我的存在，關注的只有此身，而在別人的身上，更能感受到自我無處不在。

「你找我是想報復嗎？」

「只是想看著你，看著你就好像看到另一個我，一個更成功的我，心靈有了些安慰。失業後我搬到山上來，在復健中心上班，還好我有復健師資格。我知道你在這裡買了一塊地，準備開農場，並在這裡寫作，啊！你看！我有多了解你！連你開什麼車，穿什麼牌的西裝，在哪裡健身我都瞭若指掌，只差沒有跟蹤你！你的每一本小說我都仔細讀過，這不是應該是我寫的小說嗎？我十歲寫小說，常常得獎與投稿，而你的作文常得丙，讀著你的小說我渾身顫抖，老天爺到底在我倆身上施展了什麼魔法？」

「我能為你做什麼？盡量說，譬如說經濟……。」

「我不需要你的同情，我等了好久，就是要告訴你這些，打擾了！也許從明天起你就再也見不到我！」

你可以說這個人精神失常，也可以說是失意人的妒恨讓他產生種種幻想與錯覺，我也可不相信他說的一切，但他拒絕我的幫助，更顯現他站在對的一邊。我失魂落魄地開車回到那占地千坪的家，裡面光裝潢就花了五百萬，還有價值百萬的沙發中坐著美麗的妻兒，在昨天以前我還有暈暈然的幸福感，如今看來都假假的，王浩然似乎也在這屋中冷冷地看著我，好像他才是這一切的擁有者，我住在一間連我也感到陌生的豪宅，這些真的屬於我，還是幻影呢？看著書房裡的書及大大小小的獎章，我從吃吃地笑變成大笑，笑聲像《馬克白》中的鬼魂迴盪在巨大的屋子裡。

隔一天進入那咖啡屋，再也看不到王浩然，我感到焦慮不安，富人的原罪是窮人的痛苦，我再也坐不住，走到王浩然工作的地方，我很訝異小小的山城何時開一家這麼大的復健中心，連同骨科規模跟地區醫院差不多，現代人骨頭有問題的越來越多，復健中心越蓋越大，裡面如同刑場，各種刑具都有，拉脖子的、針床、五花大綁、電椅……，現場一片鬼哭神號如同阿修羅地獄，病人很多，我躲在角落看王浩然替病人拉脖子，那女病患才十歲左右，恐懼大哭不肯上刑具，王浩然坐上去示範給她看，說：「你看！一點也不可怕！」小女孩戰戰兢兢上刑具，拉時臉孔扭曲拚命大哭掙扎，我渾身戰慄，在這活地獄中，王浩然替我下地獄。然而他的表情很認真，一點也沒復健師的懶散與漫不經心，可能是當過醫生的關係，他指導操作得很細膩嚴謹。

一連好幾天我觀察他的工作狀況，他的病人最多，整個中心他最得病患信任與敬重。

接著我到他住的地方，想看看他的生活，在一棟破舊公寓的三樓，我帶著一箱禮物裡面還有一張支票，按鈴許久才有人來開門，一個背部佝僂白髮稀疏的老太太慢吞吞地開門，以懷疑的眼光看我。

「伯母，我是王浩然的小學同學曾定一，特來拜訪，這是我的名片。」她謹慎地看了看我，半掩著門，似乎沒有請我進去的意思。

「他不在！」

「我知道，現在是五點半，我剛從他那邊過來，他就快下班了。」她遲疑了好一會才開門。

「他常加班到晚上，賺沒幾文錢這麼認真做什麼？你請坐，家裡很亂，我要看大的又要看小的，沒空整理。」她把禮物拿進房裡，似乎正在打開，裡面是一些補品還有一套西裝，我盡量選質精而非價昂，以免被認為誇富。

我看著他的生活，彷彿是自己的生活，或者說，如果命運之神不來捉弄，這才是我真正的生活，我的心被酸楚撕扯著，如亡魂回望自己。

客廳還真亂得可以，除了一套破了個大洞的假皮沙發，只有一台舊型的二十一吋電視，地上到處是玩具和喝完的飲料瓶，一隻蟑螂正從我腳前經過，我跳開，蟑螂令我想吐。然後我看到王浩然的小孩坐在陽台的輪椅上，流口水對我傻笑，他起碼有一百公斤重，理光頭，算算年紀也該二十幾了，除了唐氏症他應該還有其他毛病，狀況才會這麼糟，連自理能力都沒有。

「請喝點飲料！」老太太滿臉笑，手上拿著一瓶茶裏王，她大概看見了那張支票。

「媽！媽！浩然！浩然！」房裡傳出女人的喊叫聲，越喊越大聲。

「她就是這樣別理她！」

「送他們進醫院過嗎？」

「怎麼沒有，看病看得破產，進進出出好幾次了，你看我，都七十幾歲了還給他們當菲傭。」我的心一陣惻然。

「伯母，我不等浩然了！」

「不坐一下？不過說不準他什麼時候回來。」她沒挽留，我也坐不住，這裡的一切令人沮喪。

走出王浩然的家，我想到這種貿然拜訪的反效果，很多年前看過一部電影，一個富家千金參加左翼團體，同情家裡的黑人僕傭，他的工作是看爐火，她常到廚房找他說話，惹得他又猜忌又害怕，結果姦殺了她，把屍體送進廚房火爐中。階級的仇恨不是同情能夠化解的。

果然，隔天王浩然怒氣沖沖走進咖啡屋把鈔票丟在我臉上，低聲怒喊，就像第一次他在咖啡廳對我說話：

「笨蛋！雖然你是醫學教授、大作家，你還是當年那個把貂看作狐狸的大笨蛋！笨到沒藥救。」

「我要是你會把錢收下來，一百萬多少可以改善生活，至少可以住好一點的環境，這對病人很重要。」

「出來！我有話跟你說！」我跟著他走出咖啡屋到附近的樹林中，一進林中，他馬上一拳揮過來，連續幾拳後，我開始回手，在體格上我比他高壯很多，兩個人扭打一陣，我的嘴滲出血絲，看他個子瘦小力氣卻蠻大，最後我們各靠在一棵樹上呻吟，這一次我們打成平手，大半輩子的較勁，第一次平手。

「王浩然，我只是比你幸運，我認為你一直是個真的天才，看你做復健那專注的神情，病患對你的信任，我承認我輸了，我是個假貨。」

「哈哈哈，你以為這樣說我就會好受一點嗎？跟你說，我只是施了一點小詭計，我知道像你這樣的懦弱鬼，一定會把我的話聽進去，你果然中計了！」

「不是，你可以這麼說，我可沒這想，你只是運氣太壞，否則成就一定比我高。我承認我很僥倖，這樣做我會好受一點。其實我常覺得我不是我，在我的上方、下方，或我不知道的遠方。」

「嗯！我比你更嚴重，此身非我有，嚴重的時候，我可以分裂為好幾個人。在某個層面上，我們都有點瘋狂。」

「讓我們做朋友吧！」

「我才不跟娘們做朋友。」王浩然拍拍身上的泥土，仰頭狂笑而去。

我又常夢見那隻白貂，變成一件大衣，頭垂在胖女人肩上，醒來後滿臉的汗與淚。這陣子睡得少又淺眠，噩夢不斷，安眠藥越吃越多，有幾次浮現想整罐全吃下去的念頭，我失去存活的力量，內心的痛苦與恐懼與日俱深，這次連神佛都救不了我。

我想到住在M城的陳，他原是T大的哲學教授，有一天上課回家，發現盜匪入侵滅門，一家人都被殺死，雙親、妻女……，他辭去教職搬到山城研究命理，聽說卜卦神準，有些事沒什麼道理，我想帶王浩然去找他，他是一個非常聰明的異人，或許可以解決我們之間的疑惑，對自身存在或命運的。

跟陳認識是透過他的明星妻子海麗，陳在事件後十年幫海麗算命，許多明星都找陳算命，海麗小陳二十幾歲，年紀都可當他女兒，兩人第一次見面就認定彼此，很快就結婚生子，現在婚姻與家庭美滿，我因為小說改編成電視劇，海麗是女主角而認識，聽說她的傳奇老公，約了好幾次才見到他，他頭微禿，長相一般，但非常健談，是那種連說話都會開出一朵朵花來的人，他愛聽戲，常說宋以前的歷史與讖言都在詩詞中，宋以後的時代預言在戲曲中，為了聽戲常跑世界各地，說起戲來又是命理又是哲學，聽得人如癡如醉，我常想人的悲傷有多巨大，投注於某事物的熱情就有多可怕，我們很有話聊，他從康德的信徒變成陰陽五行家，他常說所有的事物都可歸納為一個數字，人就是一個可以計量的數字場，他卜卦不用任何道具，他說到處都可採數，如我幾點幾分找到他，或者餐桌的號碼、門牌號碼，問他我十七歲的事，他說：

「你的命格就是十八歲開始走三十年大運。年少坎坷。應該說你跟你的原生家庭格格不入，限制你該有的發展。只要離家就順了！」想起來真的離家就很順，我的家庭給我太太的壓力。

「我常覺得沒有真實感，好像有另外一個我在我左右。」

「極端的人都有這種感覺，在成功顛峰或者突遭噩耗都會有不真實感，逃避跟自我保護的心理。不過你太過敏感，這是你的優點也是缺點。」

「人可以憑自己的意念改變命運嗎？」

「那要很大的念力跟助力。有些是逃不掉的，像那件事發生前，我連作好幾個月噩夢，都在找不見了的家人，每天頭痛欲裂，那是個警訊。」

「那我的大運走完，會有逆轉嗎？」

「注意五十五歲這年，會有警訊的。」

那已是幾年前說的話，這句話我差點忘了，現在想來一陣顫寒，突然很想見他。

聽說M城最近下雪，海拔不到一千公尺的地方從來沒下過雪，地球的氣候異常，不該下雪的地方下雪，該下雪的地方卻淹大水，我以看雪為名約王浩然一起到M城，順便提一下陳的事，說他算命如何神準，我們之間的疑惑只有他能解釋，我以為他會拒絕，很意外地他一口答應。

我們的車在山路中迴轉，九彎十八拐車行相當困難，M城在山的那頭必須翻過一座山，車到山腰，飄著雪花，打開進口車才有的雪燈，發現奇異的大雪擋住前方視線，王浩然說：

「雪是紅的，像血一樣。」細看果然下著褐紅色如乾血般的大雪，這異象連聽都沒聽過。

「我們回去吧！天氣太壞了！」

「不，一定要去！」

「太危險了，不要逞強，其實也不用問了，我想開了，想到以前我也曾罵過你笨蛋，算了！這些日子來，你的用心我都看到了，我認了！」

「我沒想開，一定要去。」

「你這樣會發生危險，我來開！停車。」

「不，我可以。」我們搶奪方向盤，紅色的雪實在太美了，像在珊瑚礁群中浮游，遠方出現一個白色的影子，是雪貂，眼看牠快被撞上，我踩了緊急煞車，雪中的山路太滑，車子原地打轉！在天旋地轉中，車子往懸崖那邊滑落，我的心卻一點都沒有懼怕。

王浩然將我推開，搶走方向盤，並拚命踩煞車，車子在懸崖前緊急停住，他狂叫：

「你到底想怎樣？你想殺了我，因為我讓你良心不安嗎？」

「不，是我想殺了自己，我活夠了！回想我這一生，得到的夠多了。」

「那我呢？我還沒活夠呢！」

「我只是一時迷亂，這雪景太美了，讓人覺得死都可以，你看那紅色的雪，像不像珊瑚礁？還有許多發亮的魚群與眼睛。」

「果然是個作家，太有想像力，我可看不出什麼，只想趕快離開這邪門的地方。」

當我們的車子抵達M城，雪停了，積雪一尺泛著血色，像是命案現場，溫度急速下降，積雪立刻結凍如冰塊，當我們抵達門口，雪冰封住門窗，陳在屋裡拚命敲打門窗出不來，王浩然從我的後車箱找到一支鐵鍬，敲破窗子玻璃，M從窗口逃出說：

「我已經被困一天一夜，快逃離這個市，聽說紅雪已下到中部以北，連平地都在下，我們往南方逃吧！」

我們三個人開車逃往南方，但見沿路許多房子被冰封，人們貼在窗口上呼救，就像冰下的蜻蜓，逃亡的車潮擠成一團，我們想下車救那些被冰封的人，但車潮太擁擠，下車十分危險，我們只能茫茫地往前走，陳喃喃地說：

「難道這就是末日的景象？」

「如果是末日，也許下一刻或下下一刻，我們就會同世界一起消失。」王浩然說。

「比噩夢還像噩夢。」陳說。

「善於演算未來的你怎麼看呢？」

「人在心靈中先創造這景象，然後噩夢成真，然所有的夢都會過去，像泡影一樣！」在車中有人低泣，我以為是王浩然，而竟是我自己，我怎麼可能哭呢？這車上最應該哭的絕不是我，我比許多人幸運，我應該笑，但哭的人就是我，我能感受陳與王的痛苦，以及一個人的極限是什麼，再偉大的人在此刻都將失去意義，我與王浩然的競爭也失去意義，在末日到來時，個人算什麼？

車子疾馳過中部，這裡沒下雪，卻被濃重的霾籠罩，天空與空氣都是灰的，人們戴著口罩出門，還有人撐傘，這怪異的景象說明地球的災難，我們一路逃，越往南走，天氣越溫暖，在靠近屏東平原時，天色湛藍，陽光從雲端盛大地照射，不信上帝的我，也想撲地膜拜，洪水之後，冰河期結束，逃過一劫的人們，必然會對光或火膜拜，連一株小草或小花都是神的足跡。

車行至旭海草原，草地上有羊群懶洋洋地曬太陽翻滾，耶穌降生在羊槽中想必是寫實，而非神話。

「車子從懸崖掉下去了，你知道嗎？我畢竟阻擋不了……」

「沒關係的。」

海風吹彎我們的身軀，弓著身的三人組是否是報訊的東方三博士？我們想的似乎一樣，同時互望一眼，同時將眼光投向海上有光的遠處。

綠屋

從這條路可通向綠屋，但你很可能會迷路，路太直太長，彷彿永遠走不完，沿路的人家又是詭密聒噪，交頭接耳，對著你指指點點，好像在說：「走過頭了，在這邊呢！」當你滿懷狐疑地轉彎，一旦轉彎你也就迷路了，七彎八拐，你又回到原點，多奇怪的路徑，但你得再度走向那棟大房子，因為這是全山城的最高點，只有不信邪的，才能找到綠屋。

住在綠屋顏家的人就從未迷路過，你得擁有像羊群一樣的信心，或者遇鬼殺鬼遇神殺神的鐵齒，你就能一趟走到底，一個岔都不差，當初顏家把房子蓋在山頂上，憑的就是不畏鬼神的意志。

綠屋其實不大，只因外表漆成綠色，又被一片樹林圍繞，樹與屋連成一片綠海，故而顯得幽深，它承載兩百年的歷史，家族鼎盛時，住了三四十人，二樓的仿文藝復興建築後面連著四合院老厝，門戶相通，木頭門檻有一小塊凹陷，後院有一口老井，有三個女人在這裡自盡過，聽說第一個是日兵攻入台灣，為表氣節而死的第三代老夫人，第二個是被冷落的小妾，第三個不知是哪一代老小姐，有人說是單相思，有人說是不滿家裡挑選的對象，也有可能是久病厭世，總之這是個充滿哀傷氣息的所在，老井已被封住，相隔十幾公尺之處有一個已然廢棄的抽水器，在有自來水之前，許多女眷在這裡洗衣、殺魚殺雞、提水燒水，那份熱鬧使得後院有了生氣，許多人說那三個死去的女人變成井神，護佑著後代，大家在古井上供花拜拜，那是綠屋最繁華鼎盛的時代，第五代顏永明不僅加官進爵，還擁有食鹽專賣權，那時家裡養著三部黑頭車、五匹馬，因有軍功，男女都會騎馬，他生下八個如花似玉的千金，個個當男孩養，會騎射武功，人們傳說綠屋要敗了，沒有男嗣陰氣太重，女兒家都是潑出去的水，哪能不敗？說媒的人把門戶跑穿了，都很難得到小姐們點頭，她們個個心志高意氣強，姊妹們一起念書一起騎馬，把園子的花照顧得如川流的錦繡，並立下誓願終身不嫁結伴終老，因怕那惡毒的傳說，如果都嫁了，家族也瓦解，她們也不願招贅，認為贅夫沒出息，姊妹們都不嫁，不知讓多少男人失戀心碎。

「要把自己嫁出去很容易，嫁不好一生就毀了。我們姊妹都不嫁，綠屋就是我們的丈夫，我們就是綠屋的新娘。」老大顏莊常對妹妹們說，更多的是對自己說，嫁給房子比做河伯的新娘還壯烈。顏莊的話語久而久之凝結成一股寒氣，綠屋像沉入湖中的沉船格外陰沉幽深。八個姊妹監視彼此的情感，每個人的表情格外警省，如同尖耳朵的精靈。

直到有個追求老三顏嬌不遂的男人在門前自殺，死前對顏家人大吼：「我詛咒你們，絕子絕孫，滅家滅族！我的冤魂永世追隨你們！」老三整天悶悶不樂，她長得最嬌最甜最有女人味，不久就接受最窮最醜的追求對象，姊妹們視她為叛徒，從此不相往來。第二個叛變的是老二顏文，姊妹中她最有才情，多少豪門貴族上門求親，她連看一眼都懶，到了二十五，她提著包包跟一個留日窮學生私奔到日本，姊妹們相互警惕，嚴守門戶，沒想到最老實的老四顏清嫁給花花公子，最叛逆的老五顏宇嫁給佃農的兒子，老六顏靜嫁給軍人，這時老大顏莊已超過三十歲，她一手牽著年方十八的老七顏屏一手牽著十三歲的老八顏宜，對顏清、顏宇、顏靜說：「妳們這一走，姊妹恩斷義絕，永不相見！」出嫁的姊妹因倉促成事，結婚的對象都不像樣，但她們都沒回頭，最早嫁的顏嬌，死於難產；顏文與丈夫在返台途中死於船難，顏清的丈夫每天花天酒地養情婦，她自殺幾次都沒死；顏宇變成農婦，要下田又要養豬；顏靜的丈夫死於南太平洋戰爭，皆無子嗣。

顏莊才四十歲，過度操心看起來卻像五六十，頭髮全白，顏屏年近三十吃齋念佛，顏宜年當二十，女人最清亮最誘人的年紀，姊姊們一時放鬆防備，顏宜卻在這時懷孕，一直瞞著姊姊，等到發現時孩子已五個月了，顏宜跪在地上求大姊原諒：「我不會說出他是誰，也不會跟他走，我只想擁有一個真正屬於我們的孩子，望大姊成全！」顏莊說：「只要你不離開綠屋，我不怪你！」孩子落地是男孩，姊妹們爭著想當媽媽，就怕把他捏壞了，都十歲了還叫貝貝，孩子長得極漂亮，姊妹們給他穿紅戴綠，貝貝像個大玩具光鮮亮麗，就缺電力，像電池快沒電的狗狗，嘰嘰嘎嘎沒什麼勁。綠屋的女人漸漸老去，就怕看不見貝貝的孩子出生長大，二十出頭就被逼著結婚，倉促間娶了剛念大學的米，才十九歲，念大一的米來到山城的西餐廳打工，被顏莊相中了，米不愛念書，個性活潑有點迷糊，她像陽光一樣開朗，也許可為綠屋帶來生氣，但顏莊沒看出她骨子底的反叛；她是個蹺家女孩、家裡欠著許多債務，不太管這女兒，一切進行得很順利，兩個年輕人閃電結婚，米嫁不久就後悔了，她痛恨綠屋，與在綠屋中的婚姻，貝貝外表是男人，骨子底流著顏家女人的血，連件小事都要問顏莊，顏莊像顏宜的小母親，就像祖母輩般威嚴，貝貝對她沒有熱情，對綠屋之外的世界更無熱情，這讓米覺得只有外面的世界是熱的，綠屋冷極了，各個房間掛滿照片，前朝的男女以及顏字輩八姊妹，每個人到三十就變成一幅肖像，每張驚人地相似，他人複製自己，自己複製他人，大廳與餐廳之間擺著一座比人還高的鏡子，有一次她與顏姓的女人同時站到鏡子前，那陣仗與強大的陰鬱力量，驚到心沉到胃裡緊緊抽痛，她快變另一個複製品，而這屋子塞滿彼此複製的曠男怨女魂魄，他們都有一張死白的長鵝蛋臉，緊閉著嘴，鼻子高高墳起，她常覺得呼吸困難。她一定要逃出這裡，生下小紫後，想盡辦法想跟女兒一起逃離，談判離婚那天，她緊摟著十歲的女兒，貝貝與顏家女子排成一排就像法官審訊，顏莊說：

「你自己離開，孩子留下，其他隨便你。」

「孩子姓顏，走到哪裡都是你們家的人，我只想陪著她到國外讀書。」

「既是我們的孩子，就得一輩子留在綠屋。」

「她還小，需要媽媽，十八歲以後，我就放手。要不法庭見，我就希望不要鬧到那個田地。」

貝貝背著手寒著臉像貝勒爺，一言不發，幾個顏姓女子互看幾眼像打密碼般有了默契，顏莊說：

「好，你帶她走，但每年你要帶她回綠屋，讓我們看看。」

米沒想到這麼容易就過關，抱著女兒又哭又笑，車子離開時沒有迷路，彷彿有導航般直開到山下K處，如果不是他在後面出主意她肯定無法熬過這一關，K與其說是外遇對象，不如說是解救者或者浮木，也有性關係，但她不會再婚，至少在小紫十八歲前，否則將失去她，當然這都是她單方面的想法，那時的她多麼天真。

進入K的房子不到一個鐘頭，警察與貝貝破門而入，當時他們沒做什麼，就一桌吃飯，吃飯彷彿更猥褻更嚴重，坐實了一切，顏莊沒出面，是顏宜帶走小紫。

「所以不能相信表面，不用談判了，你太天真了，我有說不出來的恐懼。」

「媽咪！你們那都八百年前的老時代老觀念了，酷酷是個很海的男人，我們不過是解除婚約，訂婚也沒法律效率，一定沒事的，而且聽說他交了新女朋友。」

「為什麼約在綠屋？」

「嗯，大姨婆老了，七姨婆出家，阿媽身體不好不太管事，她們現在幾乎都不出門，媽，我二十四了，你該忘了以前的事。」

「可以約在別的地方嗎？我不放心！」

「盡量。」

米望著牆上的鏡子，母女的影像在鏡中像彼此的分身，女兒是更年輕更好的自己，她應該擁有更新更好的人生。

「一定會沒事的，現在是什麼時代了？好奇號都到達火星了！雲端時代ㄟ！」

「是嘛？我倒覺得人心倒退！」

看著女兒離去的背景，小紫長得像姨婆顏莊，綠屋的女人都有一種與現實隔絕的特質，更讓人覺得她正往危險的地方走。她的一生被綠屋毀了，因為那個被烙印的紅字，很快與K分手，撕破臉才知他是恐怖情人，東躲西藏好一陣，從此對男人灰了心，十幾年來她在不同的國家跑來跑去，生活像流浪其實是自我放逐。說是在等女兒，她也念了一個企管學位，在台灣大陸兩頭做生意。

女兒長得不像自己，命運必然不相疊，只是不知為什麼感到如此害怕，米拿出

《聖經》低頭禱告。

在回綠屋之前，小紫以為自己都不會回來了，她從小就抱定目標，一定要到外國，才能與母親相會。十六歲，她藉暑假到歐洲旅遊，住在朋友家不回去了，自己找語言學校，顏家軟硬兼施都沒用，最後是經濟制裁。小紫才不怕，母親一直支持她，小時候偷偷到綠屋看她，米繞著林子低喊她的名字，林子太大，小紫迷路，哭著叫媽媽，母親的叫聲從遠處傳來，比貓頭鷹與松鼠的叫聲微弱，雖然最後沒見著面，總在門口看到母親買的史努比和許多糖果，不用見面，母親以巨大的凝視遠望著她無處不在。在那個台灣小山城，有她公主般的優渥生活，然而她以為那是虛假的人生，住的是被保護得密不通風的牢籠，圍著高高的城牆，吃穿都要講究，規矩儀節一大堆，許多人逃出這監獄，很少有會再回去，每個人的目標或許不同，原因都是受不了令人窒息的單調與封閉感。她毅然逃出山城，只為尋找真正的人生，但什麼是真正的人生她也不知道，直到她到了巴黎，認識強尼。

「不准看！」只要小紫多看強尼的刀袋一眼，強尼立刻狠狠地瞪她。

「我才沒興趣呢，誰稀罕！」小紫扭著她那只有三十三吋穿丁字褲小屁屁躲進浴室，嬌小的身軀看起來只有十二、三歲，清秀的巴掌臉表情特多，她很愛演，常不知不覺就演起戲，大家都說她該去當演員，從小常表演說相聲演話劇的她常不知不覺自說自演，動作話語特多，已到聒噪的程度，認識她的人都叫她「小八哥兒」，講話有兒韻的她，綽號也要有兒，然而話多不代表會溝通，她活在自己話語的城堡，跟她說話常找不到交集，說半天沒重點，讓聽的人不久就打呵欠。這會兒她翻著白眼，踢開浴室的門，雙手作發飆狀，還全身顫抖，這一場叫「冷戰」。這一躲至少一個鐘頭以上，他們同居的公寓只有三坪多，浴室是她專屬的空間，尤其是吵架的時候，最高紀錄躲四個鐘頭，泡澡、洗頭、塗指甲油……，吹吹弄弄，出來時彷彿重生一般，看強尼也不再那麼討厭，柔弱的男人眼中充滿殺氣，不准這不准那，都說日本男人大男人，大男人也罷，最讓小紫受不了的是他的沉默，等了他一天，進門就是一張臭臉，不說就是不說，任憑小紫怎麼逗都沒用，說多了就變臉，有好幾次叫她閉嘴，他大吼：「鋼牙，我很累，別囉嗦！」那除了做愛還能做什麼，辦事倒是很拚，殺氣重重，小紫想著他那十把刀，身體漸漸恐懼發軟。

強尼每天騎腳踏車載著他的聖刀到餐廳學做二廚，他們家三代都是廚師，在日本也有自己的餐館，他在日本父親的手下學做日本料理，光洗米這道手續就洗了一年還沒過關，他沒耐心繼續洗，帶著祖上傳下來的刀，跑到巴黎學做法式料理，大大小小的刀十支一組，插在專用的刀套，每天騎腳踏車載著十把刀到餐廳上工，小紫每回目送他離去，心中常一陣陣酸楚，自己在陽台上演起來，想像他是鏢客或殺手，而她是《赤色追緝令》中殺手癡戀的女孩，他很愛她吧？愛到連命都不要……演一演覺得自己好落泊，既傷感又可笑，強尼的祖上是武士，小紫再怎麼說也算千金小姐，如今在巴黎只是為打工耗盡精力的窮學生，怎麼淪落至此？

小紫來巴黎之前，米帶她做牙套，割雙眼皮，然後受洗，說：「你長大了，要去那麼遠的地方，媽咪不能陪你，讓耶穌基督陪你。」還在她的行李箱底塞了一本《聖經》，小紫覺得好笑，這年代還有這樣的事，母親以《聖經》暗示她要守身如玉，基督徒婚前要守貞，現代誰做得到。於是一直壓在箱底，一直到她哭著想母親才拿出來看。這是她唯一的中文讀物，想家或苦悶時就讀一段，當故事書或中文課本讀，她最喜歡的一段是：「愛裡沒有懼怕；愛既完全，就把懼怕除去。因為懼怕裡含著刑罰，懼怕的人在愛裡未得完全。」她不知為什麼總是感到懼怕，懼怕像一隻毒蠍子爬過她的背脊，讓她夢魂不安，她常在夢中尖叫磨牙，強尼睡死了，咕噥一句「煩死了！」又翻身睡去。她想祈禱，腦中卻一片空白，她不覺得自己是教徒，這句是她唯一讀懂的一段，只祈求沒有懼怕的愛，在愛裡得到寄託，這也是她愛的信仰，但是，你得先找一個對象，才能實踐愛的信仰啊，然而她發現自己的擇偶能力很差。

「巴黎男人都死光了嗎？你偏找一個幫人煮飯的？連出師都沒有的腳色？同居？

你到底有沒在讀《聖經》？」米三天兩頭在長途電話那邊吼，不久浩浩蕩蕩召集親友團齊來阻止，誰知強尼的表現簡直完美，連她都不知他說話如此風趣，舌粲蓮花朵朵，應對得體，禮貌滿分，長相風度更沒話說，強尼本來就是很有型的帥哥，加上廚師在法國也算稱頭的職業（這是親友團考察最大的收穫），態度漸漸軟化，米特別跟他聊得來，同情他在巴黎吃那麼多苦，他也很會討長輩的歡心，那親熱勁簡直要讓人愛上他，親友團回國時，他還來送別，送上一盒連夜捏的握壽司，還不是普通的美味，把台灣最上等的日本壽司比下去，那份貼心融化米的心，在車上對強尼拚命揮手呼喊他的日本名字：「浩一桑，沙呦娜拉！」

原來他的花言巧語，完美的應對都在外面用完了，回到家把陰沉都丟給她，嫌她話多太吵，他不僅不是沉默的男人，還是社交高手，他比她會演，這讓小紫起了戒心。

她愛上的是他的外表，根本就碰不到他的心，連他在想什麼都不知道，有些人是不讓人碰到他的心的。

或者是太寂寞；或者只是憧憬永不止息的愛。

也許什麼都不是，只為分擔昂貴的房租，在這房租奇昂的城市，人們常因合租變成同居，或者說是合租還是同居根本分不清，她跟強尼認識不到兩個月就住在一起，這是她的初戀，而她只有十九歲，慌得不知怎麼辦。

漸漸的她也不跟強尼說話了，找任何可以說話的人說，就是不跟他說。

強尼對這樣的改變似乎沒有不滿意，他更可以鑽進自己的殼中。

好幾次半夜醒來，看見強尼對著那些刀喃喃自語，不知是看錯還是怎麼的，好像在擦眼淚。

聽說廚師刀中有一把很像武士刀，其鋒利可以切腹，趁強尼不在，小紫好奇地打開強尼的刀套，卻不知是哪一把，刀看起來都差不多，只有長短不同，其中一把刀柄刻花，看起來有點歷史，正要拿起，強尼回來了，小紫嚇得刀落地，強尼平靜地撿起刀，把刀架在小紫的頸上說：「把衣服脫掉，到床上去。」

第一次他從她的後庭進入，小紫痛得狂哭，這次她沒有演，真的很痛。

很快的，小紫另外找了房子，跟台灣來的女孩住在一起，不久認識法國男友尚保羅，強尼也跟一個日本女孩同居，算是和平分手了。

小紫幾乎是夜夜躺在尚保羅的胸膛哭，說的都是強尼，邊演邊說，不明白為什麼有那麼多委屈，尚保羅是個對自己很有自信的人，大她十歲，像父親對女兒一樣有耐心，任她說多久也不會不高興，他自己的話也很多：

「他對我一點也不好，他不愛我，嫌我話多，所以找了一個話少的日本女孩，哼！」

「是你先變心的，不要忘記，初戀都是這樣的，他也才二十。可能是工作壓力大吧！聽說很多日本男人都是這樣，太壓抑了。」

「他很變態，跟刀子說話，好像它們才是他的老婆。」

「他還在青春叛逆期，你看他家裡開日本料理餐廳，還跑到這裡學做西餐，可見他很叛逆，大男孩對自己的女人都很暴虐。他把你當成他母親，不成熟的男人大多如此。」

「你怎麼這麼懂他？」

「你忘了我也曾經是個男孩。」

米知道女兒換了男同居人，又追到巴黎來，然而母親都是見風轉舵的，知道尚保羅家世良好，已經想到做外婆的美好遠景，並到處看房子，逛百貨公司盡看童裝部，然她也沒忘情於強尼，兩個約了吃飯喝咖啡，還規畫一起到法國南部玩，從而知道強尼做了二廚，他跟日本女孩處得不太好，對小紫還有挽回的意思……，米在當中忙著當傳聲筒，完全沒有立場，在巴黎，米恐怕比小紫還混亂迷惘，這是一個令人混亂迷惘的城市，連耶穌基督都救不了。小紫搖頭做出哀怨的表情：「媽，你不知道跟他相處有多困難！你不要逼我！」「嚇，別別別！我可沒逼你！」可是當米提起那日本女孩有多漂亮，小紫又醋勁大發，「什麼哈比人，身高才一百四，矮子拐，一肚子壞。」接著哭鬧一場，傷心欲絕的樣子讓她媽也受不了。

有一次，強尼跟米來探小紫的班，她在內衣店打工，在披披掛掛的女性內衣褲當中，彼此相見都有點尷尬，強尼英挺如昔，分手之後反而對她很溫柔，又帶他做的握壽司來，問她要不要一起到法國南部玩，他可以開車等等。彼此都有新的對象，想不通為什麼還要對她好，小紫板著臉孔演出絕情女的樣子。強尼走的時候米追著他的腳踏車跑，邊喊著「浩一桑，沙呦娜拉！」強尼走了，載著他的十把刀。

「以後換男朋友不要那麼快，害我也跟著失戀！」米邊嘆氣邊說。

「誰教你自作多情！」小紫說著伏在桌上哭。

凡事忍耐，凡事相信，愛永不止息，我們還沒愛夠，或者還沒愛過，小紫心裡喊著。

後來她跟尚保羅分手，又跟皮耶分手，設計學院念好幾年好不容易念完，這時返台參加中學同學會，酷酷也來了，綠屋暗中安排一切，讓小紫跟酷酷成了一對，酷酷還留在山城，準備接手沙拉油工廠，他留著小平頭，微發福的身材看來像中年人，苦幹實幹，不會甜言蜜語，一切以行動表示，光巴黎就飛了好幾次，在只有兩坪的房間中，他擁著小紫說：「看你過的日子這樣苦，真捨不得，回來吧！我照顧你一輩子！」小紫看著他的臉許久問：「這算求婚嗎？」酷酷堅定地點頭，於是她不顧一切打包行李回家，這個決定令米大怒，她最不願小紫回綠屋，但他們已經私下交換戒指訂婚了：

「你沒有愛是會死是嗎？他要你回來你就回來？」

「是啊，這有什麼不對嗎？」

「你破壞了我對你的人生規畫。」

「你有問我的人生規畫嗎？」

「你有什麼規畫？」

「我的人生規畫就是愛的規畫。」

「唉呀！小紫我告訴你，這是綠屋的規畫，他們就是要你回去，你才二十四，就要做台灣人媳婦？他們家媳婦有那麼好當的？綠屋的女人多可怕你知道嗎？」

「在巴黎有比較好嗎？家世不好的你們看不上，家世好的看不上我，再說我的戀情越來越長了，上次是兩年。」

「那個強尼呢？我看他對你不錯。」

「媽，強尼太困難了，我要簡單一點的。」

「哎呦！我怎麼生一個女兒這麼傻？告訴你，不准偷結婚，先拖著！」

米念了幾天回上海，這次搶奪她輸了，她會蓄勢出擊的。小紫回到綠屋，大姨婆顏莊已經八十幾歲，白髮童顏，臉上的肌膚光滑且透明，看來比以前還精神，依然緊閉著嘴不太說話，看到小紫，兩眼熒熒，分不清是淚還是光，七姨婆已經剃度進佛門，阿媽顏宜看來很年輕，還保持著小老么的愛嬌，父親另娶後長年在國外躲避綠屋的追緝，這次是跟越南女傭私奔，傷透顏姓女人的心，但聽說生下的男孩黑黑的像越南人，她們不要混種，要的是純的白的，故而有點放棄的意思，轉而把心思放在小紫身上，她們要女的子嗣，這個念頭更加清楚。小紫離開綠屋八年像一個世紀那麼長，綠屋早就敗了，老宅的綠油漆已斑駁，屋內飄散著腐朽的黑氣，阿媽顏宜比母親更愛念，大姨婆顏莊是助念團，輪番上陣，從小她就懂得為母親幫腔，兵分兩陣對念，阿媽只怕她一個，念輸了就說：

「你跟你媽一個樣，瘋瘋癲癲沒個理。」

「咦？你們團結起來，光欺侮我媽，有本事去欺侮外面的人，一出去就沒膽，連買錯東西也不敢換，愛面子又欺善怕惡。」

「顏家怎麼會出你這樣的女孩，連阿媽說話也敢頂嘴？」

「有道理的話我就聽，沒道理神仙老子都沒用！」

「爛嘴丫頭！」

「哼，看誰嘴先爛！」

有時吵得凶，阿媽尋死尋活，這時就演出親情倫理大悲劇，一門忠烈下跪的戲碼，一家子都愛演。

回到綠屋，房子大得可怕，外面那片林子彷彿沒有邊界，夜晚乳色的霧像大蟒蛇在林間穿來穿去，花園裡新種的日本楓樹與八重櫻，水土不服長不大就像道具樹，池塘還養著錦鯉與幾對鴛鴦，他們家就愛些困難的東西，讓她的人生也充滿困難，就像那些長不高的樹，樹形稀稀落落，歪歪斜斜，她像訪客一樣審視這一切，這裡曾經是她的，以後將不是了，她戀戀地看著這一切，好像是孤女簡愛被鬼魂纏身，哀怨的凝視結著淚光，這哀感頑豔得連她也被感動，不禁拍了許多自拍，貼到部落格上。

因為婚事擱淺，小紫在藝廊找了工作，負責策展，她愛工作，就算薪水不多，巴黎的鍛鍊讓她不怕吃苦，只怕沒錢，每次要註冊時，真怕母親周轉不過來，那時歐元一比四十九，房租就要一千歐，學費一萬多，生活很吃力，連衣服都不敢買，每天都是T恤牛仔褲，同學不要的衣物給她都視如珍寶，像貧窮人家出來的一樣，在內衣店打工一個月只有六七百歐，不無小補，她知道花了母親很多錢，所以自己一定要工作，每個月將一半薪水給母親，雖然不多，看著母親開心的笑容，再辛苦也值得。

每天清晨搭公車下山，到畫廊也要一小時車程，一直要忙到八九點才回家，景氣不好，畫廊變藝廊，兼賣工藝品，策展開課，勉強打平，老闆之下就她一個人，兩個人週末常加班，一個月休不到三天。

約會的時間變少了，以前酷酷去巴黎找她，一待一兩個月，有時她暑假飛回來，兩個月都膩在一起，現在祖母跟姨婆緊盯著她，母親三天兩頭奪命連環扣，弄得她神經兮兮，跟酷酷常在吵架冷戰中。

怎麼這麼困難啊，談個戀愛常鬧得雞飛狗跳，看別人談戀愛何等浪漫，只有她夾在一堆婆婆媽媽中間，酷酷第一次帶她回家，好大的家族，光叔叔、伯伯、姑姑就有七八個，小孩滿屋跑，公公有三個老婆分住不同地方，吃飯要擺三桌，公公是傳統的大男人，寒著一張臉等人伺候，婆婆倒是熱心，塞給她一個大紅包，她一句台語都不會說，光是陪笑，這種家庭比她家更複雜，公公聽說腳踏黑白兩道，愛參加青商會、獅子會這種活動，還是媽祖廟的主委，在中部海線也是個人物。她這真深入本土了，酷酷帶她去吃小吃逛夜市逛廟掛香，幾個一起打球的小開都愛玩錶與品酒，每個月固定在俱樂部聚餐，小紫身穿露肩的黑色小禮服，在巴黎是人人都有幾件這樣的小禮服，搭配骨董鑽石耳環，這巴黎風讓滿座女人變得更土俗，她們都穿日系的典雅洋裝，要不然就是PP（百達斐麗），天啊！到處是PP，而且顏色搭配得好醜。最受不了的是K歌，沒有一首歌聽過，他們偏愛台語歌，大聲嘶吼，賣力演出，她一句都聽不懂，大家拱她唱，她就清唱法文歌，或學紅磨坊的舞女跳康康舞，雖不合群，卻贏得滿堂彩，表演一向難不倒她。酷酷以愛慕的神情看著她，小紫幽幽地說：

「你為什麼不找像她們一樣的女孩。」

「我就喜歡你這樣的，品味獨特！她們都是品味奇差的鄉下姑娘。」

「這裡姑娘也有好的，是你那些朋友眼光差又要裝有品味。」

「是啊，所以帶著你我不知多驕傲。」

「原來拿我作炫耀。」

「不要這樣，你知道我不會說話。」

「我媽就快回來長住了！」

「看你緊張成那個樣子。」

「我媽不會放過我的。她的本事通天，你看著吧，天下要大亂了。」

果然米一回來，動作頻繁，一下子說要把小紫帶出國，一下子說要開餐廳，用盡法子想拆散酷酷與小紫。小紫正忙著策展，忙得連說話的時間都沒有，好不容易等她休假，米拉著她去看餐廳地點，母女倆好久沒談心，就答應陪她去看狀況，在小巷弄中有一條街全是異國風味餐廳，沒一家道地，走的是平價路線，這不太合米的調調，她一向海派，出手很大，正狐疑間，看見強尼朝她們走來，多年不見，他變了，還是帥氣，但變得不那麼在意外表，感覺上是日本居家男人的Fu，回歸淳樸的樣子，白襯衫舊牛仔褲，留妻木大聰的毛毛頭沒染髮，現在只有乖乖男留這種頭。

「小紫，這是我餐廳的合夥人，給你個大驚喜！好不容易從日本禮聘他來台灣，在日本是大餐廳的主廚呢！」

「媽，這……。」

「我們一直有聯絡，強尼現在是居家『好男人』。」她特別加重後面那三個字。

「小紫，好久不見，我一直有你的消息。你越來越好看了！」強尼還去學了中國話，他不用漂亮、美麗，而用好看這兩個字，聽來很舒服，當年這麼有心就好了，小紫笑得好尷尬，心跳加速，好像只有強尼會給她這種感覺。

回家後，母女攤牌，米從沒這麼嚴肅與溫柔：

「你知道我為什麼對強尼這麼好嗎？」

「不知道，你喜歡帥哥廚師吧，媽，你見到他就像瘋狂的粉絲ㄟ，超誇張。」

「小紫，你還記得十幾年前，媽被警察拷問一整晚，他們故意要看守所關我一夜，跟那些妓女、外勞關一起，之後罪責感一直罩在我身上，我是罪徒，怎樣也洗不清了，那之後某個夜晚，神靈召喚我，主說：『只要你打開心門，我便進來。』之後我受洗，仿如重生，你也受洗了，我們是神的羔羊，我不能同意婚前性行為，但你到巴黎，我也沒法子，他畢竟是你第一個男人，最重要的是，他也是教徒，其他都不算數……。」

「媽，都什麼時代了，你還這麼八股！」

「玩歸玩，你畢竟是我唯一的女兒，婚事要尊重我。」

「我跟強尼不會幸福的，雖然我忘不了他。」

「你嫁酷酷，就是跟綠屋一起對抗我。」米說了狠話。

「媽，兩件事不要攪在一起，我跟酷酷都訂婚了。」

「我不准你跟酷酷結婚，生活不同，信仰不同，怎會幸福？你看看我！」

「媽！你要逼死我！」小紫發出淒厲的叫聲。

小紫媽怕又要演出親情倫理大悲劇，速速住聲。

沒想到這種事真的發生了，信仰好像某種休閒活動，米很少掛在嘴上，小紫幾乎不上教堂，受洗也像是遊戲一般，沒想到母親這麼虔信，她把她的創傷變成另一個牢獄。

她沒有不喜歡強尼，甚至想重新跟他談一次戀愛，但她不願這樣被安排。

自從米回來，酷酷不斷逼婚，逼得小紫只好躲起來，強尼倒是淡淡的，不積極，這讓小紫更願親近他，兩個人一起設計布置法式餐廳，才知道開一個店多不容易，從找地點到裝潢，擬菜單作宣傳，樣樣都是學問，小紫像個工頭一樣，不施脂粉，穿大襯衫牛仔短褲，露出雪白纖細的腿，強尼最喜歡女人的腿。

兩個人越來越像一對。

小紫開始想跟強尼的可能，以後強尼在這裡開餐廳，她辭去藝廊的工作當老闆娘，母親早就安排好了，強尼對她這麼好，為什麼還是這麼怕他呢，又愛又怕真教人為難，這令人懼怕的愛，她不知懼怕什麼？強尼太漂亮？太陰沉？太困難？是了，她們家專愛找困難的，強尼確是困難的男人，怪不得母親喜歡他。

再度做愛的感覺很美好，自從回到台灣，有些迷失，但強尼身上收藏著巴黎的記憶還有青春、浪漫，在高潮中她哭濕了臉。這一切太像夢了，她到底還在怕什麼？強尼說：

「以前我很叛逆，對你不夠溫柔，但你知道，我對你一直沒變。」

「是啊！你很持久，哎呀，呸呸，我在說什麼？」

「我各方面都很持久，這就是我的特色。」強尼笑瞇了眼。

「算算都五、六年了，我們又回到原點。」

「不不，你那時戴牙套，講話會噴口水，滿口鋼牙又愛說話，我都不在乎，那才是真的，你總讓我發笑，像小孩一樣天真，你是我永遠忘不了的鋼牙妹！到巴黎第一年我過得很不好，只顧自己，不知自己在幹什麼，現在不會那樣了。只是現在你變漂亮，讓我不放心，我寧可你還是那個鋼牙妹。」強尼話少，但每句話都在重點上。

酷酷知道後每天都去接她，剛開始還會上他的車，想好好分手，但講沒幾句就大吵，逼得她只好避不見面，酷酷去餐廳堵她，又跟強尼幾乎要打起來，小紫越勸越糟，他們把餐廳砸個亂七八糟，客人都嚇跑了，小紫只好去找他的朋友幫忙調解，酷酷丟出一句：「要分手可以，不可以跟小日本在一起，橫刀奪愛劈腿的人都該死，給我滾出台灣！」

米怕夜長夢多於是趕緊地籌畫婚禮，訂婚那天，強尼的爸媽從日本來，很傳統的日本人，母親還穿著和服，他們長得很普通，就是個子高，身材好，很明顯的強尼結合他們的優點，怪不得管得這麼嚴，對他期望高使然。未來的婆婆特地送來一件大禮，是在京都訂製的和服，織錦的白鶴牡丹吉祥圖樣，造價百萬，引起眾人讚嘆，這引起另一種比賽，小紫媽為小紫在巴黎訂製的新娘禮服，追加到一百二十萬，嫁給外國人又在娘家附近開餐廳，強尼也是教徒，沒有比這更美滿的。

一切太像夢讓人傻乎乎，小紫每天掛著心虛的笑臉，像她這麼平凡的女子居然要嫁一個像妻木夫聰的帥哥，這不是韓劇才有的劇情嗎？跟強尼訂婚那天，一群刺龍刺鳳的兄弟來鬧場，棍棒齊飛，弄得賓客紛紛逃跑，強尼穿著白色西裝，冷冷地看著他們砸桌砸椅，打爛花圈與婚紗照，他慢條斯理地脫下西裝解下領帶，袖口慢慢往上捲，拾起一木棍就與他們打了起來，小紫記得強尼說他學過劍道、跆拳道，沒想到他真的很會打，一個人單挑五六個，沒多久，來亂的兄弟紛紛負傷逃走，其中一個缺齒流著血的走前狠狠地撂狠話：

「小日本，你給我記住，這筆帳我們沒完！」

這下子梁子結大了，小紫常躲在強尼懷裡哭，米一下也方寸大亂。

小紫只有向顏莊、顏宜求援，顏莊說：「你和你媽跟我作對，還敢叫我說和，你敢嫁給日本人，我首先打斷你的腿！」顏宜說：「還是跟酷酷結婚吧！」小紫跪了下來，顏莊與顏宜交換一個微妙的眼神有了另一個默契。顏莊說：「我把他們找來談判，談判時，大人跟大人談，你跟酷酷在山腰的餐廳談，日本人叫他來綠屋，你們就在山腰那家餐廳等著。」米抱住顏莊的腿，她的腿瘦到像根枴杖。

「姨婆，阿媽，你們一定要幫我，我愛強尼啊！」小紫本來不相信姨婆，但姨婆扶她起來，並撫摸她的臉，顏莊的眼中流露著溫柔。

今天鏡中的那對母女激烈爭吵，發怒的臉龐格外相似。

「不要跟他們談判，尤其是綠屋的人，小紫，這是個陷阱。」

「那你能擺平嗎？」

「你們趕快出國吧！綠屋攪進來，事情只有更壞。」

「就相信她們一次吧！不行的話只有亡命天涯。」小紫講到亡命天涯，覺得進入電影劇情陶醉著。

「我不相信她們。」

「不行，都約好了，一定要見。」小紫想著那如同《教父》的場面覺得刺激極了，而她是女主角。

「看著我，小紫你別天真了，不能見就是不能見！」米崩潰嘶吼。

小紫執意要見酷酷，託幾個朋友幫忙說和，跟酷酷約談判，家族是大人的事，約在綠屋談判，雙管齊下，這是顏家長輩的主意，小紫不相信她們會傷害她。在山腰的小餐廳中，酷酷一個人來，滿臉黑氣，小紫把訂婚戒指放在桌上，低頭幽怨地說：

「對不起！」

「說一萬個對不起也沒用！」

「那你要怎樣？」

「你跟他切就沒事！」

「為什麼要這樣逼人太甚？」

「是你先逼我，我只要公平！」

「這種事沒什麼公不公平的。」

「既然不可能，你為什麼要欺騙我？」

「對不起，母命難違，我們的家庭背景差太多了！」

「這只是藉口吧，我們從小同學，家庭背景早就你知我知，悔婚的人要付出代價，你跟那小日本同進同出，騙誰啊？」

「他是我初戀的男朋友，我媽喜歡他。」

「你以為我這麼容易被打發？像一條狗一樣被趕來趕去。」

「沒有啊！我沒有！」

「不用裝無辜了，你太天真了，總要有人付出代價。」酷酷忿忿地站起，大步走出去，這一切太像一場戲，一男一女約在咖啡廳談判，像哪部電影呢？這下她完全想不起來。小紫看著玻璃桌反射出自己的臉，綠色的燈光打在她臉上像女鬼，她做出痛苦的表情，這時應該流淚吧？但她的眼睛乾澀，都怪布景太差，這個小咖啡廳像泡沫紅茶店，猩紅辣綠的布置十分俗豔，女服務生穿的女僕裝像老阿嬤穿的，一切都不對勁。

四周出奇的安靜，她一個人走出咖啡廳，街上一個人也沒有，只有遠處有人放煙火，有一搭沒一搭，像大號的仙女棒，一下就沒了，今天是什麼節日嗎？想不起來，她的腦袋極混亂，耳朵像藏著一隻蟬在鳴叫，一種不祥的預兆讓她往綠屋跑，沿路上有人指指點點，有人交頭接耳，導致她在林中迷路，繞了好幾次都回到原點，見鬼了，奇怪的林子外面許多人都往山上跑，為什麼要跑，好像前面有什麼重大慶典要奔去趕熱鬧，她不自覺也跟著向前跑，在奔跑的人群中，她看到一個人倒下來，身上插了一把刀不斷湧出血。

那是她的強尼，刀的強尼。

大撤退之夜

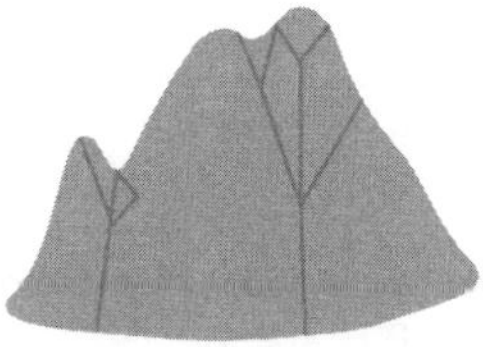

大撤退那晚，方中作了一個噩夢，夢見戰爭、死去的母親，還有自己的死亡。方剛夢見的是自己被裸體捆綁，許多軍裝男人槍口一致朝他……。

方中決定絕食抗議，抗議什麼不是很明確，反核、反服貿、反馬……都是也都不是，支持兒子嘛，他不領情，只會淪為看門狗，他要為自己而靜坐，或者為自己這個世代而坐，他理著光頭盤著腿，灰衣灰褲就像行腳僧，或者更接近街友，他那件灰夾克起碼有三十年的歷史，已灰到發黑，這次要坐到死，他心裡已有赴死的準備，至少讓兒子不再瞧不起他。沒想到行動太遲，他開始絕食靜坐那天恰逢學生撤退之日，坐在立法院正對面，裡面的學生撤出時，學運領袖「風神」發表一段短而有力的演講，「轉守為攻，遍地開花」，迎接的群眾不斷呼喊口號，大隊人馬浩浩蕩蕩離開時，龐大的媒體團跟隨，只不過一兩個鐘頭之後，立法院外面只剩兩百人不到，有一些人正準備要走，不走的人有不反對撤退的學生與民眾，也有一些是一直在這裡吃睡的遊民，從三一八到四〇七這二十一天，他們只是換一個地方睡，其實睡在哪裡都差不多。而方中剛加入就結束了，被遊民認為是衰神一個，伙食團撤走後，他們就沒得吃了。

方中的兒子方剛學運期間一直在立法院裡面，負責通訊與聯絡，方中就想不通這一天講不到五句話，整天把自己關在房間裡的兒子，居然跟同學們衝進立法院。自從國中時他跟妻子離婚，兒子越來越沉默，越來越退縮，在家就是上網，這樣也能考進台大，還念研究所；會念書這點像他，他自己一路保送進台大，拿到博士後回台灣教書，雖是私立學校，也常發表些政治評論，當年他可是保釣運動的小組組長，就像夥伴們說的「年輕人不左不算年輕過，過了中年還左不實際」。他也想過回歸大陸，然而妻子不願過苦日子，七〇年代末期跟回歸學人團去過大陸兩次，被那裡的貧苦生活嚇倒，她是個尊養的千金小姐，實在沒辦法在那裡生活，最驚人的當然是茅坑與野尿，沒馬桶簡直沒法過日子，離開前兩人去逛北京西單的百貨公司，破破爛爛不如說合作社吧，她想看遠處架上的鞋子，服務員的臉比茅坑還臭，講好幾次，勃然大怒拿了那雙鞋往她身上丟過來，差點就敲到頭，妻子當然馬上走，回旅館總有兩天不跟他說話，當時美國生活富裕，他們才買大房子，有著大到可以打高爾夫球的院子，他不是不能過苦日子，但是妻肯定會選擇大房子，不會選擇回歸中國的他，這才澆熄理想，最後還是回到台灣，在北部山上的大學教書。解嚴前後台灣經濟起飛，他的計畫接不完，每個計畫幾百萬，彼時念材料科學的人才不多，他被許多公司聘為顧問，還是原委會委員，頭銜一大堆，滾滾而來的錢都是人家拜託你收；學商的妻子在財經雜誌當主編兼主筆，演講接不完，投資的股票賺大錢，他們在仰德大道買了近千坪的豪宅，出入兩台雙B車，妻子全身名牌，滿嘴名牌經，還上電視秀收藏，珠寶、鞋子、名牌包……，那時的名人沒有這些隨身武器就上不了媒體與時尚秀，妻子是清秀佳人，稍稍打扮頗有星味，她穿著名師設計的低胸禮服到處跑趴，台北四大名媛中有她，還有一個長相妖豔的假貴婦雲雲，名媛的地位跟明星不同，美貌、家世、學歷、婚姻、品味缺一不可，雲雲被踢爆是低學歷假貴婦從此消失，這其中家世與學歷最重要，而明星則只有美貌，名媛效應更是驚人。這些事他都沒興趣，連知道都不想知道，他是學科學的，每天泡在工廠與實驗室，穿得像工人，全身髒兮兮，他跟妻子漸行漸遠，一直到八卦雜誌爆出她跟某企業家老闆的當街接吻照，與某過氣演員同開一部車躲記者。他還被蒙在鼓裡，是好朋友兼同事拿給他看，回家找妻子問話，她比他還凶，那時孩子還小，他們到生活安定三十七、八歲才生孩子，自然像疼孫子般傻氣，兩人為了孩子還保持婚姻的假象，其實早已各走各的，拖了好幾年，妻子想跟外遇對象在一起，堅決要離婚，他也看開了，早在回歸時就知道兩人志趣迥異，既不是同志，也不是愛人，他認了，把豪宅、車子給她，他只要兒子的監護權。他跟孩子遷出大房子，跳槽到T大，搬到東區最邊角的松德路三十幾坪的公寓，那時的東區還很荒涼，一棟房子只要三四百萬，現在漲了十倍不止，當年的東邊角變成最繁華的信義區，一〇一大樓就在不遠處，所謂物是人非，看來物非跟人非速度一樣快。

有許多人給他介紹對象，條件都不差，有一個叫楊小莉的女講師美麗大方，小他整整一輪，兩人約會一段時日，已經到談論婚嫁的時機，他特地請孩子吃牛排大餐，牛排送來時，看方剛吃得開心時，父子單獨作男人的Talk，方中當年九歲，長得很像他最近迷上的《哈利波特》電影中的男主角，看來稚嫩卻有奇異的智慧，當他說：「你喜歡小莉阿姨……」連「嗎」都還沒說出，兩顆總有綠豆大的眼淚掉到冒著煙的牛排上，很堅定地說：「我不要新媽媽，如果你再婚我就去找外婆。」說完跑出餐廳，方剛愣在那裡起碼一個鐘頭，把思緒理清楚，決定切斷那看來美好的情緣。

之後就沒打再婚的念頭，只有短暫的露水姻緣，還得偷偷摸摸瞞著兒子，也許玩太凶，又是快閃俠，名聲黑掉了，好女人不敢接近他，找的女人越來越下品。等兒子青春期開始往外跑，他四處追殺兒子，父子衝起來，方剛說：

「你別像老木一樣，整天跟著我。」

方中說：「我只有你了，你還要讓我無某無猴。」

「誰阻擋你談戀愛結婚了，你去娶個老婆啊！」

「你忘了你九歲時在牛排館說的話？是你不要我再婚的。」

「那是幾百年前的事了？小屁孩說的話，你還放在心裡？」

「不過七年前的事，我還把你的話當聖旨，我有多在乎……。」

「別別別，你最好趕快找個女人，別把一切推到我身上。」

「我都五十幾了，只上床不結婚的不負責任沒種的老男人，誰敢嫁我？」

「那是你的事，跟我無關。」推得倒乾淨，他是真心被孩子的眼淚嚇昏了。

孩子的童年是如金如玉般的尊養，卻是在父母的爭吵、情變、官司、離婚中長大，方剛的個性越來越沉默退縮，父母算是半個名人，他絕不說出是誰的孩子，父子雖住在一起，幾乎沒有交談，有時方中想找他說話都吃閉門羹，只要一句「我要考試，我要念書」，房門就上鎖了，替他買的食物放在餐桌或房門口都不吃，他都吃些什麼？有次半夜醒來，在廚房看見他在冰箱裡面找東西吃，冰箱好久都沒添購，也沒清潔，他能吃什麼？但見他專挖果醬與罐頭這些不易過期的東西，還清出一大堆過期食品堆在腳邊準備丟掉，方中一時心酸淚落，他們這一代把期限當聖旨，卻老吃一大堆垃圾食物。

「給你的零用錢花光了嗎？」

沉默。

「為什麼不吃我買的東西？」

沉默。

「可以出去吃點熱的新鮮的啊！」

沉默。

父子僵在冰箱前狹窄的過道，冰箱半開小燈熒熒如鬼火，裡面飄出的寒氣就像他們之間的關係，而那詭異的冷光替他們打了背景，沒有人能忍受這齣戲，方剛先走了，留下方中一人扶著冰箱低泣。

高中分組時，他選了第三類組，不念理工也不念商，最後進台大政治系，接著讀台文所，都說現在連台大畢業都失業，最末流的才讀文學，但單親父親只有贖罪的分，連說話權都沒有，明明是他母親偷人又再嫁，為什麼要他背十字架？前妻再婚後，鮮少跟兒子聯絡，倒是他一片癡情去找過母親幾次，可能是遭到對待冷淡，回來對老子更凶，他真窩囊，連妻子都罩不住的男人，讓孩子都瞧不起。

方剛上台文所之後，參加學運與社運交了一些朋友，才漸漸有些笑容，回來也會跟他聊幾句，不過只要提到「我年輕的時候也是熱血青年，也參加過學運，我們當年參加保釣那時候……」方剛立刻嗆他：「保釣都幾百年前的事了，真厲害的都到對岸去了，或流亡美國，只有你投靠國民黨！你沒列入黑名單，誰知道你是不是臥底的？」然後就回房。

方剛衝進立法院那天，他拚命打手機聯絡他，都是關機中，他只有拚命傳簡訊：

「你們這樣做有什麼用？反正服貿早晚會通過的。」

「服貿是讓利，利大於弊，台灣不簽，走不出國際。」

…………

講理沒用，改用溫情攻勢：

「你這樣做很危險，政府一定會出手，我好擔心，快回來！」

「我只有你一個兒子，沒有你，我怎麼辦？」

「請可憐可憐你老父，我都六十幾了，好幾天都睡不著。」

…………

依然是沒回答，原來他與孩子的隔閡不僅在家庭親子之間，還在世代與政治的對面，他老了，真的被時代淘汰了嗎？像他們這群保釣之子，當年出盡風頭，個個嚮往紅太陽，他還去北京見了周恩來，當年的夥伴留在大陸，不僅個個有漂亮頭銜，有的還娶了東方舞蹈團的大紅牌，有的當了政協，只是老死他鄉的景況也很淒涼，他們那群都入了黨，等於跟台灣一刀兩斷，只有少數選擇回台灣，回台灣後在學界要往上爬，只有靠國民黨近一點，至少要做到表面上服從，他內心是綠的，絕對是綠的，藍色皮膚，綠色血肉，這是兒子不了解他的地方。

然而他了解兒子嗎？走進兒子的房間，平常這是他的禁區，兩個禮拜沒人住的房間還是跟原來一樣整齊，方剛有潔癖，把房子收拾得乾乾淨淨，書尤其排得整齊，分類非常清楚，文學書排在最上一排，接下來是藝術與美學、哲學、社會學、經濟學、政治學、社運書與手冊，最下一排是漫畫，他小時候喜歡柯南、怪醫黑傑克……，他還像寶貝一樣收藏著，以前一家三口常窩在特大的書房一起看書，一人一張書桌一台電腦，邊看邊聊，得空時你跑我追，方剛最喜歡躲貓貓，他們夫妻輪流找他，書房不大，很快露餡，他們要假裝看不見，故意裝找不著，要到方剛快笑出來才去抓他，順便呵他癢，他邊大笑邊扭動，開心得像什麼，那是他們的甜蜜年代，像夢一般不真實，緊抱著這些回憶的兒子一定怨恨他，更怨恨這個世界，父母自以為給他愛，其實是恨的源頭，他的心快碎裂，感到血壓上升頭很暈，坐到床上好一會，看見枕頭下壓著幾本雜誌，抽出來看都是男人的肉體，有裸上身，全裸、兩人全裸交纏，還有多P……，翻了幾頁一陣陣噁心，還有電腦中的A片，都是男的，都是。

書架上有一張四人合照，一列俊秀的年輕學生，哪一個是他的他，是那個較高大看來很 man 的黑皮膚男生，還是那個斯文的細高韓型男？現在的男同看不大出來，方剛不 man 也不娘，是所謂的不分嗎？聽說現在流行不分，那不就是像微細胞一樣充斥而難以分辨。以前分得可清楚，大學時有個哥兒們，明顯地娘娘腔還有蘭花指，手指老在男生身上點來點去，自稱「蘭花妹妹」，走路屁股顛來顛去，就只差出櫃了。有一次跟另一個同學睡他家，三個大男孩擠在一張床上，方中穿汗衫著牛仔褲睡，到了半夜，有人在黑暗中輕輕地拉下方中的褲襠拉鍊，他馬上翻過身，從此再不理那個蘭花妹妹，不僅他，所有的同志都讓他想吐。他自認為不是老古板，學生中也有一些同志，他不反對同志，然而這是自己唯一的兒子，不行不行，他在黑暗中怒睜著眼睛像隻野獸，是異男本能的仇同恐同，原來所謂的不反對是他人的事看不見就好，發生在自己家就是不行，算了，不要這個兒子，反正他早已不要老子，就是要跟這個世界為敵。

躺回自己的床上，翻滾一夜睡不著，他的人生就是個失敗，只剩下幾個虛榮的頭銜，往後的人生只有更無望，繼續活著有何意義呢？不要這兒子，他就是孤獨老人了。

三二四那天，學生攻進行政院，警方出動鎮暴部隊，以警棍、盾牌、噴水車對付學生，報紙上刊登學生頭部流血的照片，學生跪在地上水柱噴灑到他們身上，裡面有段報導，警察打人時，學生哭喊著：「不要打人！不要打人！」警察打學生，反說學生是暴民，這比美麗島事件還惡質，再怎麼說學生是大孩子，有些還未滿二十歲，手無寸鐵，還蹲下求情，這需要出動鎮暴部隊嗎？這個政黨不但沒有進步，還不斷倒退，想到幾十年來他所依附的黨是如此醜陋，他彷彿一夜醒來，依稀找回年輕時的反骨。

他打開方剛的電腦，可能離開時過於倉促，沒有關機，處於休眠中，打開的畫面是臉書，兒子這幾年發生的事件一清二楚，大學三年級認識Y，Y常參加社運，從此幾乎每個抗議事件都有他，大至反核、大埔、多元成家……，小至反校長、反停車收費……，平常在家不說話的他，在臉書的發言又多又長，原來兒子不只是憤青，還是文青：

對於文學，我一直有很討厭的焦慮，第一個是這個詞本身就惱人，第二就是讀者真的好少。在台北掃街時我問了個現在想起來很白癡的問題：「大家應該知道老大哥吧？一九八四啊？有人看過嗎？」兩三百人無人知道那是什麼。排斥左翼，又不吃文字，恐怕是許多新興學運參與者的面孔。我不知道五年級那個世代是否真是文字的時代，心中難免會有些無知而愚昧的嚮往。可是當我們丟掉對人的問題的探尋，失去對思緒和情感議題的好奇心，放棄讓人頭疼的思考，我不太確定那兒還有什麼能討論的。黑不黑箱嗎？民不民主嗎？統一還是獨立嗎？問題不可能只有這些，還有什麼問題還沒被問到？我當然給不出方向，誰也給不出方向。

不過一旦失了那樣苦疼的探索欲望，文學就不被需要，藝術就只屬於階級社會的心靈陪襯（大概有史以來就是啦），然後簡化成附和人聲的物質，而非感染人心且毋須遭定義的活動。這是誠品和博客來的時代，也是影像和網路的時代。好像有什麼是更多更多了，也有什麼是越來越虛空。太陽花還有太陽花還有好多好多太陽花捧在手上，照亮台灣，清新唯美，然而有形和無形的血渣和荒誕的狂想還有瘋了的放聲哭笑好像就只屬於黑暗。律法還有道德束縛島嶼還有我們，我們需要那緊緊的束縛也才能得以不讓自我爆炸。夜裡無止盡延燒的巨大談話、放肆笑聲，還有毫無原因的流淚有時候根本不是聲音，更不可能化為反映心智的語言。那些膨脹、焦慮和荒唐的情感怎麼被討論？有需要討論的必要嗎？真的有人需要這樣的討論嗎？……還是那只是理性知覺隱密的另一面，其實不需要坦承。還是我們乾脆不必面對坦承，就像我們不可以直視死亡。

裡面有一段話讓他崩潰，「昨晚又夢見年輕的爸媽為小剛剛過生日，那畫面太甜美，醒來後大哭一場，我真是太弱了。」方中的眼淚滾滾而下，想到這麼多年來孩子忍受的苦與怨，這都是他不該受而受的，他的反應如此冷，正代表他的心有多痛，而他自己不痛嗎？他們都是不擅表達情感，他很想對方剛說對不起，卻只能趴在電腦桌上痛哭。

最新的一則是：

要來立法院聲援的朋友請搭捷運到善導寺站從林森南路接青島東路進來並且自行注意自己的人身安全!!

又，再貼一次法服專線：02-25592119（法律扶助基金會）

僅須說是今晚公投盟事件。

物資站：立法院旁濟南路及中山南路口的公投盟基地。

孩子長大了，有自己的志趣，自己的思想，自己的性向……，他不再是那個在動物園舔冰淇淋、在睡覺前要求抱抱或聽故事的小男孩，孩子在追求成長，而他卻日漸老化、僵硬，他沒有部落格也沒有臉書，只有教學平台的論文、實驗成果、執行計畫、獲獎紀錄，他活在自己的世界怕有近半個世紀，保釣運動後他很快就轉向了，誰年少不熱血不憤青，可是現在回想起來，沒做過一件對社會奉獻的行為，也沒實現什麼理想，雖然榮耀了自身，可真的有照亮別人嗎？自私自利過一生，深負年少之志，他半夜常驚醒，背部一陣陣刺痛，像有千萬隻螞蟻爬過，噬咬著他的背，噩夢！他的人生只是一場噩夢嗎？

從此之後他緊盯著兒子的電腦與臉書，關注學運的相關訊息，學生發動集資在《紐約時報》買下頭版廣告，學生分工合作外文翻譯、架設自己的網站、組伙食團、垃圾分類……，組織能力與團隊精神都比他們那代好太多，他常在課堂上罵學生只知吃喝玩樂，好吃懶做，吃不了苦頭，沒競爭力，一代不如一代……，看來七八年級生不簡單。

當他們號召三三〇穿黑衣集結凱達格蘭大道，方中去買了一件黑色的T恤，找出一條年輕時穿的黑色西裝褲，已經穿不下，年輕時身高一七二公分體重六十三公斤，現在他起碼胖了十幾公斤，還不到胖，是熟年的腫壯，從衣櫃中找出一條鐵黑色的休閒褲，是偶爾登山時的裝備，穿上這套衣服看來年輕一些，也只一些，鏡中的自己頭髮稀疏發白，臉像發酵過度的全麥麵包，褐中帶著密布的斑點，老總跟醜相連，誰還記得他年少時的翩翩風姿？在他眼中，方剛長得好，集合爸媽的優點，他媽是當年的系花，現在也不能看了。

三三〇那天中午，一到捷運站，車上滿滿是黑衣人，尤其到古亭站，黑潮不斷湧進，許多人上不了車乾脆用走的，在中正紀念堂下車，一到凱達格蘭大道，黑潮看不到邊際，壯闊，這才叫真正的革命，跟群眾融合在一起彷彿力量可以推動時代，難得的是大家不推擠，相互幫助禮讓，台灣的公民素質能提這麼高，這是解嚴後幾十年才凝聚而成的公民意識。他想到在康乃爾大學，那時大家熱血沸騰，罷課的罷課，休學的休學，回歸的回歸，也在街上度過一陣時日，睡過街頭、公園，走西闖北，串聯各大校園，那種同志同心同感，與時代的脈搏一起跳動的感覺真好，那時上街頭頂多幾萬人，還有許多喜歡插花的路人，這次說要號召十萬人，感覺會超過，時間到下午二點，打開手機一看，人群從小南門輻射而出，一直擁至中山北路、信義路二、三段，場面非常壯觀，像巨大的黑色蜘蛛網，他也在其中，是大蜘蛛中的小蜘蛛，第一次他覺得靠近兒子，方剛就在立法院中，而他正向兒子游過去，就像小時候兒子在泳池中掙扎，他跳下水朝兒子游去，喊著：「不要怕，爸爸來救你了！」現在他像是鮭魚回返母地，兒子就是他的母地。人數一直攀升，偏藍媒體報導十幾萬，偏綠媒體報導五十萬，以前只看偏藍的媒體，現在他不再相信了，現在他的血液經過一次又一次的沸騰，已然改變。

三三〇之後，許多問題推擠壓迫著他，台灣要走向哪裡？看來只有跟大陸劃清界線，以前他是和平統一派，現在他思考著獨立的可能？這種念頭他想都沒想過，獨立只會引爆戰爭，這是大家都明白的事實，他把北愛爾蘭獨立運動的歷史收集匯整，他們有一支強悍的軍隊，以及全民凝聚的堅強意志，台灣有嗎？北愛與大英帝國，不同文不同種信仰也不同，跟台灣與大陸的狀況不同，那些年輕人難道不知道？

另外烏克蘭的獨立是建立在蘇聯瓦解的基礎上，中國的氣勢還是在強方，但連蘇聯老大哥都可一夕瓦解，這世界上的強權哪說得準？上批批踴上看年輕人的討論與想法，他們說如果統一，中國可能跟美國打；如果獨立，台灣跟大陸打，反正都得打，寧可跟大陸打，上戰場他們也願意，為一個理想而戰，死也死得有價值，反正他們都是役男或即將是役男，這是他們的戰爭。年輕人還談了武力與戰略的問題，以三三〇的氣魄來說，那五十萬如果化為勁旅，光士氣就可嚇倒人。大陸不想打台灣，除非逼不得已，他們自己的民暴不斷，內患無窮，哪天像蘇聯一樣一夕垮台也說不定。

方中為年輕人的勇敢，感到吃驚，他早已除役，但他們這一代人怕打仗怕得要死，忍辱偷生，台灣成為虛擬的國度，在不被承認中苟且求生，是他們這代引領方向錯誤，民進黨起碼衝撞威權體制，讓台灣解除戒嚴，擁有政黨政治。然而他們這群和平統一派，到底給台灣謀了什麼福利？

他常為開會往來兩岸，大陸人中也有好有壞，跟大多數國家一樣，但威權體制與官僚腐敗，生活習慣、價值取向也大不同。強要統一是沒辦法的，這次學運受到最大的打擊即是急統派，相信大陸官方也看到了。看來他們都走錯方向。

他要改變舊有的自己，接受兒子，他會支持這個運動並希望這個運動持續下去。

明年他就要退休了，退休對所有貪戀權勢的人來說無異是宣判死刑，當然他可能是系上唯一可以獲得講座教授的人選，但當年在美國的高薪高職位都不要了，他早該死了，朝聞道夕死可以，這個道他遠離已久，現在終於又再觸到一道光，人老了還貪圖個什麼，不就是得到好死，死得安心？為台灣而死，為兒子的理想而死，為自己那個世代而死，絕對值得。

他決定參加立法院外的絕食靜坐，讓兒子知道老子的骨氣不輸給他。當心中有了決定，他的心變得清明而安靜，也沒什麼需要準備，他死了，財產自然轉移給兒子，相信妻子不會有意見。他需要的只是先洗一場澡，換上一襲輕鬆樸素的衣服。

當立法院的學生團決定撤退，他感到失望，但以死明志的意念並沒改變，他就選在大撤退那天絕食靜坐，延續他們的行動。

他給兒子寫了封短信，它不像遺書，像是自白信，算是最後的交代：

> 我的一生，包括對於你，犯了許多錯誤，是我的貪慕名利權勢搶奪了你們的資源，是我們這一群得勢者引領錯方向，將台灣推入虎口，而你們追求的夢想我恐怕無法企及，只有交給你們，我願用我這條賤命燃燒你們的理想。而你，我最愛的兒子，你勇敢地往前去吧！

當學生撤退那天，方中坐到立法院對面，他想讓方剛看到他壯烈的勇敢的樣貌，無奈人群洶湧，加上媒體瘋狂追逐，沒有人注意他，有那麼一瞬間他以為看到方剛，細看卻不是，年輕的大學生怎麼看來都是一個樣，而他穿得如此素簡，較接近街友，或者他現在就是街友，以街為家，以街為墳墓，方中想到這裡仰天大笑，人群被他奇怪的笑吸引，方剛在人群中也看到了，他望向父親，一臉茫然，無法相信那是父親，他出現在這地方做什麼？然而人群推擠著他，很快地他離開青島路，回到自己的家。

看完父親的信，他大叫「蠢，為什麼要做這麼蠢的事！」他想去立法院把父親拖回來，但他實在太累了，二十幾天沒吃好睡好，也沒真正洗過澡，他先泡了一個熱水澡，之後倒在床上睡到死，明天怎樣也要把他拖回來，他以為他是誰？林義雄？甘地？

那一夜，方中與方剛作著異中有交集的夢，方中的夢很像普哲羅斯的《草原三部曲》，有大量的回憶與大塊的土地，流離、遷徙……還有母親，不知從什麼時候開始情色肉豔的女人從他的夢消失，彩色片幾乎成為黑白默片，有時連對話也沒有，只有面孔與身影，不斷流轉；而方剛的世界，常是各式各樣的男性集團，有時是財團、黑道組織、軍隊、警察……同志轟趴，他在不同的男體中流浪，色彩嗆辣。這一夜他們同時夢見戰爭，各自奮戰在不同的戰場上，而他們都沒有武器。

他睡了整整十二小時，隔天方剛回到立法院外面，但見許多人還留在那裡不肯離去，許多人倒在馬路睡覺，東歪西倒，這二十幾天來，剛開始睡地上，不容易睡著卻很容易醒來，許多人駭到睡不著，Y雖跟著他睡在地毯上，但什麼都不能做，只能抱抱，議堂中相擁而睡的女同男同約有三分之一，他們剛柔相濟常能合作得恰到好處，然而都是異男在搶麥克風出風頭，媒體把他們捧為神，同志較低調，因此處在權力邊緣，現場雖也掛著彩虹聯盟的旗子，如果今天主導者都是同志，這場運動還會有這麼多人支持嗎？公民運動已經掀起來，同志運動還是很遙遠。Y故意在議場中扭來扭去，帶著同志起鬨，妖氣沖天，然而每當在重要或公開場合，他們主動消聲匿影，自稱魯蛇。「幹，我要射死那些自稱真男人的，然後割掉他們的小雞雞。」Y小聲地在私底下的大腸花論壇放砲。

方剛找不到父親，黑暗中看見一個穿綠斗篷的人不知是男是女，也許是父親，他想過去，那人開始奔跑，追了一陣，不見了，這種怪人現在很多，變裝或是搞怪，跑這麼快不會是老父，這時他看見倚樹而睡的父親，他推醒方中，然後拉著他走：

「回家，別在這裡丟人現眼。」

「為什麼？你們可以我不可以？」睡眼惺忪的方中還沒完全清醒，他想反抗，兒子的力量比他大。

「這是我們的戰場，不是你的。」

「這是公民運動，我也是公民啊！」

「你早就被時代拋棄了，像闌尾一樣，全都要割掉。」

「為什麼要分你們我們，這根本不是民主運動，而是排老運動，你們眼中只有自己，排斥跟你們不同世代的人。」

「台灣會變成這樣，都是你們這群貪得無饜的既得利益者。我以你為恥。」

「那就讓我坐在這裡坐到死吧！」

「回家吧！這樣很讓我感到丟臉耶。」

「你走吧！你去你要的國度，我為自己的世代靜坐。」

「再講一次，如果你不回家，我不會管你死活，也不承認你是我老子。」

「你回去吧！不要管我。」

方剛回家後繼續大睡三天，幹！父親坐了四天了，還沒回家，上網看新聞，有林義雄絕食靜坐的新聞，卻沒父親的報導，他在他的領域可是名號響亮的人物啊！家裡訂的一直是《聯合報》，從小父親只看這溫和泛藍的媒體，他是早就不看，偶爾翻翻副刊，他還是習慣瀏覽電子報，短但立刻抓重點，隨後的社群討論與回響更重要，這不是讀報，而是議論時事，翻報紙是想知道父親的消息，翻了好一陣才找到約有三百字的短欄，旁邊一張拍得很不清楚的照片，主要是拍林義雄，父親坐在他遠遠的後方像背後靈一樣，標題是「昔日保釣健將，今日名牌教授，誓死追隨林義雄，絕食靜坐反核四」，這太荒謬了，父親反不反核四他不知道，但他是為維護自己的尊嚴而坐，而且他比林早幾天在立法院前靜坐，只是沒人發現罷了，父親想必也不解釋，就這麼莫名其妙混搭在一起，真的是很莫名，很錯亂。

他再怎麼忤逆也不能讓父親這麼糊糊塗塗下去，但是已經四天，看來父親是真心自毀，為的是什麼啊！他不明白，但一定得把他拖回來，現在他的身體很虛弱，一拳就可以打昏，或者趁他熟睡時背回家，不管如何一定要結束這場鬧劇。

方剛再度回到立法院，已經是大撤退後五日，特地選在凌晨一點，早睡的父親應該睡著了，靜坐的人換了一批，多是支持林義雄與反核人士，父親是原委會委員，正是支持與製造核能的劊子手，坐在這堆人中顯得很諷刺，父親帶了一條毯子把自己捲起來席地而睡，那條毯子是方剛的，幻想著裹著兒子的毯子死去，方剛心中一陣酸楚，輕輕翻開毯子，不過五天的絕食，父親小了好幾號，原先灰白的頭髮全白更顯稀疏，蒼老許多，父親巨大的威權形像已然倒塌，如今他只是奄奄一息的老人，方剛背著父親，叫了一部計程車，將父親放到後座，他坐在前座，立法院將是他一生的噩夢之土，可是在夜晚中為何還如此光亮與喧囂，司機在耳邊聒噪不停，他把自己關進自己的世界，車子走出青島路，他的眼睛像被水注沖灌那夜，刺痛、緊閉，眼睛都是水，滾燙的水。

——原載於二〇一五年二月《短篇小說》第十七期

紅咖哩黃咖哩

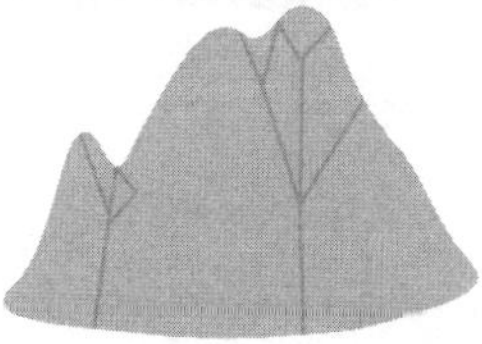

父親死前三個月，羅望帶他去吃東區有名的咖哩飯，這是有生以來第一次請父親吃飯，主要是讓他見見即將結婚的女友，還有期盼父子來個人和解或算總帳什麼的。

母親逃家返回日本那年，羅望十一歲，父親長年跑船，幼時從不知有此人存在，羅望快滿兩歲，半夜醒來，看見一高大男人睡在母親旁邊，他大哭大鬧，一雙短腿拚命踹那男人，男人帶怒又帶笑抓起他的腿，倒吊懸空打他的屁股，父子第一次見面即以暴力相見。

父親是半路闖出來搶母親的陌生人，羅望對母親有著病態的依戀，他整天黏在母親身邊，親她掐她，還趁她熟睡時，伸手撫摸母親的身體，母親有極柔細的白皮膚，樣子像有小暴牙的鈴木京香，也許沒那麼美，但味道很像。日後他在電視上看到鈴木京香就看呆眼，在他心目中母親最迷人的是那閒靜溫柔的氣質。相對的父親像莽夫一般，捲髮、黑皮膚、花襯衫、瘦皮猴的模樣與母親一點也不配。現在床上睡了三個人，母親被搶走了，每晚他因此嚎哭不停。

父親覺悟常年跑船對家庭不好，羅望讀小學時，父親回到陸地在林務局當臨時雇員，這下子從海上飛到山上，在太平山林場當巡山員，又是長時不歸，每隔一段日子母親帶著羅望去看父親，海拔兩三千公尺的高山，日式的木造山屋在雲裡霧裡，夏天深夜冷到要蓋棉被，母親煮一鍋熱牛奶，在山上一切從簡，用紅塑膠漱口杯喝，那血紅脹開的大杯冒著奶白熱氣，像他們同時跳動的心臟，搭配山下帶來的白吐司麵包，母親溫柔的側影，屋內失去時空的寒意，如此清簡的生活回想來竟如詩，父親的面容有落寞，常望著遠方發呆，羅望對他充滿敵意，但又覺得這個人極神祕，他說他愛跑船，因母親才落地生根，但他在陸上生活也很好，朋友一大堆，愛讀些奇奇怪怪的書，會念小說給羅望聽，念書時帶著哭腔極溫柔迷人，有時又很衝動火爆像瘋子一般。他有兩面性格，但誰是單面的？一個立志當梅爾威爾的人，現在成了李伯大夢。山上生活無聊，六七歲正是調皮好動的年紀，羅望滿山亂跑，到處闖禍，最後還是以暴力和痛哭收場。

羅望常在夢中追殺這男人，只有在夢中他的身形比父親巨大！

後來父親懷疑母親跟留日的牙醫有曖昧，幾乎日夜吵架，父親不會打母親，但他天生的好口才，又極盡刁鑽，可把人說到羞辱欲死，母親無力反擊只有哭泣，最後逃家。十一歲的羅望慶幸母親會逃，只是怨她為什麼不把他帶走呢，大概嫌他快到青春期，或者同情父親孤單沒人陪，他從小失怙，寡母又早死，會寫一些哀感頑豔的小詩，不是什麼壞人，只是有點霸道的男人，控制不了一股瘋氣，母親常說嫁丈夫不要嫁忠厚老實的，因為無趣又無用，光是有責任感有什麼用呢？大概是這樣，或是那樣，羅望為母親百般設想。

現在床上剩下父子兩人，沒有母親的床顯得空闊，父親的身軀不再巨大，有時他蟲蛹般蜷曲身體，有時抱著羅望哭泣，對他訴說心中苦處，用哭腔說得哀感頑豔：「你母親不要我，難道她連你也不要嗎？我的心破了一個大洞，失去她我什麼都沒有了，真的好痛苦，好想跳海死了算了！」一夜又一夜哭累了就睡著，羅望陷入焦慮中不能睡，整個童年他常頭痛，痛到去撞牆，恨父親為什麼要告訴他這些。失去母親的孩童像被棄的無主小舟，飄飄盪盪，找不著方向。兩個男子一起淌淚，像是從母親身上長出的黑色露珠，他們家逃走的不是女人，而是男性，失妻的父親越來越孱弱，像女人般多愁善感，有時羅望覺得他替代母親，成為陰性的存在，或者說他希望母親住進身體永不離去。

說是約在捷運復興站見，父親跑錯出口，羅望要他別動，他卻自作主張亂跑，結果光找人就花去一個多小時，在光鮮亮麗潮人中，他追著穿豬肝色破夾克戴深藍壓舌帽的父親，看他業已佝僂的鶴形身影不斷往前快走，好不容易培養好的溫情早就炸開了，到餐廳落坐時父子都鐵青著臉，這時小光只好出來打圓場：

「點什麼好呢？聽說這家的紅咖哩很有名？我要雞肉，伯父您呢？牛肉好嗎？」

「我什麼都能吃！」

「給他點豬肉好了，他不吃牛肉。」羅望沒好氣地說，他最討厭父親說他什麼苦都吃過，什麼東西都能吃。好像對他好一點壞一點都沒差，也沒什麼作用。

「你們不知道，我跑船的時候，什麼稀奇古怪的東西都吃過，也常常好幾天不吃飯，做船員就是這樣。不好意思，第一次見面就這麼失禮，你叫小光是吧？怎麼稱呼呢？」

「劉小光。」

「真的是小光啊，還以為是小名。」一副恍然大悟的樣子，羅望感到那熟悉的羞恥感又來了，在人前他總為父親感到羞恥。

「是真的，我爸就說名字好記好叫就好。聽羅望說您很喜歡吃咖哩飯，南洋紅咖哩裡常放羅望子，他的名字是這樣來的嗎？」

「哪有？不就是希望光明嘛，我哪有喜歡吃咖哩飯，我什麼都能吃！」

羅望記得小時候母親常煮咖哩飯，通常是日式的黃咖哩，少量雞塊加許多蔬菜，紅蘿蔔、馬鈴薯、洋蔥，這幾種東西加起來是奇妙的組合，清爽百吃不厭，那豐富的滋味難以言說，就像人生一般富於層次。後來才知好的咖哩起碼有五種以上的香料，肉桂、豆蔻、丁香、茴香、羅望，裡面的薑黃素聽說有益人體，還有許多搭配，或獨家祕方。父親吃飯時最愛說他那些跑船故事，說他年輕時如何漂泊，穿港衫、捲髮、一口白牙，又會各種樂器，還寫很多詩，女人如何倒追他……，聽到大家沒反應也不知道。

「你們只知道黃咖哩，沒吃過紅咖哩吧？有一次在印尼靠岸，快一個月沒吃到陸地上的東西，找一家好點的餐廳，端上來是蝦子色的紅咖哩，吃來滿口椰香，我那天連幹了四盤，那才叫好吃的咖哩！」

母親有空時幾乎都在研究食譜，一面研究一面看日劇《請問芳名》，看到直擦淚，她對羅望說：「我差點也是戰爭孤兒，父親戰死，跟母親離散三年才找到，真苦啊！」擦完淚又說：「跟你父親認識，在東京大地震之後，我無家可歸被教會收容，那時我十七歲，他來教會找朋友，就認識了，那時的他的確很迷人，熱情吧！他說要幫我找母親、弟弟，我們相約一定要再見面，等他下次來時，我和母親已經在一起了，搬離東京到橫濱，他一路尋我，找了四年才重逢，這期間不知寫了多少信，後來我一齊拿到，一共有一百多封，他的意志力真驚人，戰爭的故事說也說不完，這個戲就是為我們那時代的人寫的。」停頓一下又說：「他可以說是個正人君子。」母親一面做菜一面說，羅望覺得她說的是另一個男人，無法跟他認識的父親相連。

彼時買不到紅咖哩，就加了許多蝦醬、肉桂、紅辣椒代替，結果真的做出紅咖哩飯，還加了對他們來說很奢侈的牛絞肉。端上桌時那紅豔的顏色與香辣之氣，充滿說服力，然羅父低著頭猛吃沒吭聲，羅母問：

「很抱歉，因為找不到對的香料，味道可能不對……」

「沒關係，我什麼都能吃！」

「真好吃，辣得好過癮。」羅望說。

「不過跟真的紅咖哩差很多，我看以後煮別的！」

「你光會說！從沒一句好話。」母親睜大眼睛，好像受了極大打擊。

「以後不要煮咖哩了，這是窮人家吃的，而且都是菜，肉少得可憐，吃到面有菜色，你在笑我窮是吧？」

「胡說，在日本家家戶戶都吃。」

「我就是窮怎樣！我窮得有志氣，只有你禁不得窮！怎樣，有錢人更有吸引力吧？」

母親放下碗筷進房間，父親跟進去，接著是舊戲上演，吵架、砸東西、哭喊……。羅望坐在客廳倒扣著碗，坐在椅子上發呆，可惜了那一鍋好吃的紅咖哩。

沒多久母親就跑了。

「我該回去了！」才吃到一半，羅父起身就要走。

「等一下嘛，我們還沒吃完。」看來今天的餐會與和解完全失敗。

「你們慢吃，我先走了！」羅望與小光看他速速離去，也趕忙跟著送到門口，沒想到才到門口，羅父馬上嘔吐，食物不斷從他口中湧出，新鮮橘色的紅咖哩，好像根本沒入喉一樣。該死，羅望心中慘然喊著。

把人帶進盥洗室清洗，又跟餐廳陪不是，羅父好像沒他的事一樣，嘴裡還直說：「我就說，沒有特別喜歡吃咖哩。而且現在腸胃很差。」

那時父親就生著病，但他一直不說，也不看醫生，羅望認為他只是怕花錢，或者跟他賭氣。

總是這樣跟父親不對盤，尤其在青春期，羅望抽菸又逃學，成績當然是一塌糊塗，羅父追著羅望打，只要拿得到的東西都往他身上砸，只是砸著嚇他，沒真的打，桌子、椅子、磚頭、鐵條，有一次還差點把一台腳踏車丟到他身上。

父子如寇讎。

然而有時候又如怨女般對他說大篇苦處，說到聲音嘶啞眼眶含淚，要他在死去的祖母遺照前發誓：「我要聽話，要當乖孫子乖兒子，要到日本念大學。」然後對他說：「你是我唯一的希望，你再讓我失望，我們一起死。」這些對孩童來說是更恐怖的威嚇，挾鬼魂與死亡壓制人。

羅望害怕極了，他才十幾歲就要到異國，而且他還沒準備好要見母親。母親常寫信來，他拆都沒拆就撕了。父親已然放棄他，想把他丟給母親，母親丟下他自己跑走，這種感情的背叛絕不能原諒，他寧死也不想去，於是換他逃家。

他曾經逃到同學家住了一兩個月，打工養活自己，但頂多熬三個月，被父親找到就回家，他太軟弱，太苦的日子他過不了。

逃家住在同學家那一個多月，電視重播《請問芳名》，他連看一個多月，只為看鈴木京香，怎麼這麼像啊？

回家後沒多久被送去讀寄宿學校，父子見面機會減少衝突也減少，父親常說男兒志在四方，離家才會長大，於他來說也是種解脫，他很少回家，假日常留在學校念書，沒想到成績意外變好，尤其是數學，對數字著迷，後來念財經，大學時就操盤作股票，初畢業就存了第一桶金，沒幾年買了房子。羅望過年才回家，頂多停留兩天，父親怎麼過日子他也不知道，有時回家，看父親衣衫不整快像街友，滿屋堆得都是書，羅望以為他在賣舊書還是撿破爛，笑他是「拾荒老人」或「丐幫幫主」，他遺傳父親的毒舌，人緣亦是不佳。家裡住了兩個看來是流浪漢的朋友，一個留著大鬍子，一個是原住民，家門口也坐了一些街友，鄰居都來擺龍門陣，好不熱鬧。多年的鄰居看到他紛紛熱情地問候，他的反應通常很冷淡，從小這些鄰居對他很熱絡，他總是冷漠以對，大人間的客套最虛假，摸摸頭摸摸臉像對小狗說話。每到夜晚父親把自己關起來不知在寫什麼，他愛寫些小詩之類他早知道，這老男人似乎另有神祕的一面，但他一點也沒興趣了解。

當完兵，他進入一家美國連鎖餐廳當副理，才二十五歲可說創了這公司的紀錄，老闆欣賞他的口才跟財經資歷。有一年派到日本受訓，這才與母親見了面。在目黑車站的一家咖啡店，十幾年沒見的母親小了一號，後來才發現她駝背，才五十幾歲的母親老成這樣，整個脫形，不像鈴木京香了，只有那童稚的笑容沒變，母親沒再嫁，在娘家兄弟開的禮品店幫忙，這跟他想像的不同，母親應該像電影《克拉瑪對克拉瑪》中那個母親一樣強勢與瀟灑，去追求理想，或者變成女同志也好，有一段時間他還把梅莉・史翠普的照片貼在電腦桌面上，但母親只是低著頭用微弱的聲音說：

「真是謝謝你也委屈你了，愧疚的心情實在無顏見你！」母親的信一直沒有斷過，最近的信他拆了，說她病了，死前只想見他一面。

「咳，你的病還好嗎？」

「乳癌第二期，已做過切除手術，才做完化療，頭髮都掉光了，現在戴的是假髮。」

「看不太出來。」

「真的嗎？太好了！」母親笑起來像少女，也是他記憶中的樣子。

「回台灣跟我住吧，我買了房子，在永和。」

「這樣啊，這太突然了，我……。」

「有什麼困難嗎？我跟父親幾乎不太往來。」

「謝謝，真不該如何說，當初……。」

「我不想聽當初，只想聽以後。」

「再過幾年吧！外婆生病需要我照顧，當初這是最重要的理由，她只有我一個女兒，我總不能半途逃跑。」

「逃跑？反正你很會。」羅望冷笑。

母親蒙著臉哭泣。

過了幾年，外祖母過世，母親也沒回來，羅望不再提同住的事。有時到日本，母子頂多吃一頓飯，拿一些錢給她。

父親死後，羅望整理遺物，在堆滿書本的房間，找到父親的保險箱，破舊的保險箱與不擅營生的父親會留下什麼呢？他不像是會買保險箱的人，可能是祖父的遺物，看來歷史悠久，打開保險箱，只見七大冊手稿，像寶貝一樣還用舊布巾包好，翻內容都是落泊人的牢騷一堆。另外還有幾本存摺，二十幾年前存款曾高達八百多萬元，現在裡面只有九萬元，錢是怎麼用掉的？還有房子兩棟，房子的歷史久遠，名字早過戶在兒子名下，父親的口頭禪除了「我什麼都可以吃」，再來就是「像我這麼散赤」、「我是散赤人，什麼都買不起」，他一生沒賺什麼錢，巡山員做沒幾年就退休，因是雇員，沒有退休金。這些想必是祖母留給他，他一毛一毛省下來的，又大筆大筆花掉，每一筆都是十萬以上。祖母也一定不斷灌輸他「像我這麼散赤」、「我是散赤人，什麼都買不起」。父親退休後，光做一些沒錢拿的志工，醫院、圖書館、廟宇，有時會吃到免費的飯，一天用不到一百，可能常常不吃飯，說是斷食療法，不吹冷氣，不進館子，大概也不買衣服，能走路絕不坐車，他討厭他的小氣窮酸。

首飾盒裡放著結婚戒指，很寒酸的金戒指細到只有線圈般大小，他像寶貝一樣收著，羅望感到心酸。這樣不及格的遺產有什麼好收藏的，還要鎖到保險箱。

手稿中有兩本父親的一本詩集，五本小說，一本評論，羅望不知父親真的在寫作，還以為他胡吹。小說書名《窮人》，羅望打開書，才讀幾行序就受不住，在父親死後，他才進入他的內心世界：

林田山的白天多霧，晚上多霜，蝴蝶飛完螢火蟲飛，螢火蟲飛完蜻蜓飛。那裡的人大多以木材為業，往往一陣森林大火或生意失敗就得下山，「下山」代表著失敗，從此淪為窮人。祖父那一代就留學日本，父親從日本讀完大學回來，結婚生子，人生正在美麗的起點，大家都叫他「大少爺」或「忽米將」，他原本擁有一大片林場，小時候的我生長在一片樹海中，過著單純寧靜的生活，父親回國兩年在一場急病中死亡，年不到三十，母親與幼子在大家族中備受歧視排擠，只有選擇「下山」。

母親淪為洗衣婦，為廉價的勞動失去健康與生命，她常告訴我：「我們是窮人，但不要失志。你一定要出人頭地，要知道你們家世代都是讀書人！」

我曾與母親在掃墓時回過林田山老家，九〇年代的大火燒去幾乎所有舊木場，大多數人外移，林場廢棄，老家還是大家庭，日式的舊建築有一座假山花園，我沿著舊鐵道與索道尋找父親的墳墓，在山谷中蜻蜓滿山飛，頓時覺得一陣暈眩，彷彿天地同悲。

老家已家道中落，勢利如故，對待我們如同外人，只有父親的老友羅桑跟我很談得來，老羅原在林場中當過總務，他說以前每個月要去一次山上發薪水給工人，大約五到六天才能下山，他去時會帶米酒和檳榔給工人吃，因為他們特殊的文化，所以非常團結，要是有人不聽話，就把不聽話的人調到最接近上帝的地方工作（海拔三千三百公尺處）。也是他告訴我許多父親的往事，讓我也間接了解他。這個尋根之旅改變我的人生觀，父親在日本曾參加左翼團體，還因此下獄數日，怪不得與家族格格不入，原來我不是地主之子，而是無產之子。

我常思考貧窮與階級的問題，中學時接觸左翼的書籍，終於在絕望的黑暗中找到方向，馬克斯給我的啟迪是，不要被資本主義異化，不要為錢迷失自己，貧窮不是罪，而是這社會的不公不義所致，我甘於當窮人，不願納入這社會機器中……。

原來父子之間很難存在真正的了解，幾天幾夜把父親的作品讀完，他的作品也許就像素人作家一樣笨拙，卻可以感到作者的真心實意，在海上航海的艱辛與寂寞，在日本學做盆栽，常餓著肚子好幾天拚命灌水，學到的技藝在台灣根本用不上，接觸日共分子，讓他坐牢一個月，回台灣後，在林務處工作，因為厭惡公務員收回扣而提早退休，之後他開始形成理想村的構想，一一找回過去的老鄰居與同事，依照「新村」

的理想，他沒有私產的概念，也不想賺錢，只習得中醫技術和氣功，義務幫人看病灌氣，看到連自己生病也不知道。羅望一點一滴回想父親的作為，不全然是壞的，小孩只記得父母對他的一切壞，選擇性記憶。也有那父子相親的時刻，父親喜歡帶他到山上，教他認識各種植物，對他講一些人生大道理，羅望通常心裡不耐煩，卻不敢表現出來。從小他就立下決心，要跟父親走相反的方向。

立定一個以賺錢為目的的人生，他不要當窮人，住好房子環遊世界，婚姻可有可無，但一定不要孩子，孩子是生來跟父母作對的，婚姻的陰黑和痛苦，是父母唯一留給他的遺產。

怪不得神話中子要弒父，父要殺子，只有死亡才能和解，父子之間的仇恨，然而亡父的鬼魂纏著不去，讓哈姆雷特瘋狂，讓伊底帕斯挖去雙目，因為兒子對父親如同眼盲，父親對兒子如對獨夫。

葬禮簡單隆重，都是街坊鄰居還有那群街友幫忙，在他們的追思中，才知道他住的社區鄰居，大多是林田山搬下來的，也有後來認識的新朋友，父親的理想是建立一個新的「森榮村」，在這裡大家有福同享有難同當，他們七嘴八舌地說：

「你滿月是我剃的頭，你父親不在，你家的事就是我家的事！」

「你周歲的時候辦流水席，擺了好幾桌，是我當主廚，整條街都被我們擠爆了。」

「我父親沒錢下葬，你父親在我枕頭下放了五十萬。」

「我們家翻新大樓，你爸拿一百萬給我。」

「我兒子沒錢註冊，是你爸出的錢。」

「老羅死的時候，你爸操辦他的後事，就像自己的父親。」

「你爸是好人。」

「好人不長命！」

如果把死後的好評打折扣，死前的壞印象加點分，那麼父親的分數剛好及格。

死前的認識是真的，還是死後？人的真相是什麼？他以為自己是疏離冷漠的，一直活在創傷之中，只有把自己包起來，與父親保持距離。這些事情父親都沒告訴他，他做的那些善事使他看來像另一個人，這是如何深沉之人！原來小時候他受到這麼多照顧，在一群人的關注中活著，他不是沒人愛沒人要的孩子。

從此走在那條街上，感覺再也不同，什麼「森榮理髮店」、「摩里沙卡小吃店」，這是有組織的懷舊社區，是林田山的再現，也是父親的理想村，父親的鬼魂在黑夜從他的耳朵鼻孔鑽進來。

他記起小時候父親常跟一群老人作氣功，天還未黑，幾十個老人像鬼影般在小公園打著緩慢的步式，像一個祕密團體般互有默契，比劃著怪異的動作。他討厭氣功，小時候父親逼他一起打坐，坐沒幾分鐘，他就像小獸般扭來扭去，父親剛開始輕聲說：「坐好，不要動。」勉強靜一分鐘又亂動，後來越罵越大聲，最後幾乎是以輕功飛過來，一掌劈到他身上，他人雖瘦，力氣大得很，這一掌下去，他噴出一口血痰，昏了過去，打坐課從此結束。

羅望知道父親希望把所有本事交給他，但他對打坐氣功恨之入骨，父親的氣功不但沒幫到他自己的身體，還這麼早就結束生命，這也是個諷刺罷！

父親留下的房子也都讓老朋友住，一住一二十年，幾乎不收房租，羅望拜訪他們，才拿出一些錢，說是房租。看他們景況不佳，羅望猶豫一陣，還是收下。只有三五千，也算是半租半送，再說父親是父親，他是他。

他又去了一趟日本，告訴母親父親的死訊，並把一些遺物交給她，包括那個結婚戒指，母親神情木然，喃喃說：

「沒想到他比我早走，我以為會是我。」

「他到底是個怎樣的人？」

「對外人是好人，對太太是很壞的丈夫。」

「也是很壞的父親。」

「他四海為家，沒有家的觀念，一有錢就拿去救濟別人，自己連飯都吃不飽，還養一堆人！」

「就為了贏得好人的名號？」

「他信仰社會主義，有人稱他是『人格者』，跟年輕時參加左翼團體有關，聽說你祖父也是，他可是富家公子呢！那時代窮人太多了，他沒私產概念，這也是我們常吵架的原因之一。」

「頭腦壞掉了，祖父是什麼樣的人呢？」

「常聽他說，是留日的博士，帶著剛懷孕新婚妻子回故鄉，沒幾年就病死了，他在那裡產生『新村』的想法，構想的森榮新村剛要開始，他卻得急病死了，孤兒寡母被家族排擠，只有離開，每當講起這些往事就哭！」

「原來我是在山上出生長大的。」

「你的名字是為紀念啟蒙他的羅桑，他叫羅望榮，也是『新村』的發起人之一。你們很像。」

「跟誰？祖父？羅桑？」

「你跟父親很像。」

「才沒有，我愛錢，討厭貧窮，也很討厭自己，如果我像他會更討厭自己。」

「你父親早年會賺錢時也很愛錢，後來錢都給別人花，他說這也是愛錢的一種方式，有多少人會認同他的想法呢？你小時候便當都給同學吃，自己餓肚子，後來只好為你準備兩個便當，我自己不吃。你忘了吧？我們最討厭的人常常是最像自己的人。我來日無多，他先去天國等我，算是讓我一次吧！」

「我以為你討厭他。」

「我們只是無法相處，他的情緒有病，控制不了自己，就是一般說的邊緣人的性格，隔遠一點對我們都好。你比較可憐，他太難相處了。」

母親閉上眼睛，快速流下兩行淚，沒想到老輩的感情是這麼深沉，那是一個深沉的年代，像一座座火山口，流動著像百萬朵食人花瑰麗的熔岩，令人怕靠近，怕自己一靠近會縱身跳入。

臨走時，羅望問母親長久藏在心裡的問題：

「當年為什麼不把我一起帶走？」

「他太愛你了，不會放過你的，我不想跟他搶奪，畢竟孩子永遠是母親的，母親永遠是孩子的，而他只剩你一個親人！」母親很虛弱，但今天特別多話，她的臉瘦到只有兩個眼窪，裡面透出生命的餘光，清炯炯的。

「我恨你們！」

「我知道，你不用原諒我。」母親疲憊地閉上眼睛，羅望一路嚎哭出來。

沒多久，母親棄世，跟父親只差兩個月。

羅望從母親的葬禮回來之後與小光去了一趟林田山，林田山在花蓮的萬榮鄉，離花蓮市約一小時的車程，他們搭火車到萬榮站，然後從北側的平交道往內走，約三十分鐘的路程到達林田山。

昔日的「摩里沙卡」，現已成為休閒園區，林務局變裝為咖啡廳，還有展覽館介紹著林場的歷史，林木搖晃著，彷彿有隻大手撥弄著，這裡的建築古雅，主管級的房子都很寬闊，使用古老的工序，木頭接木頭不用一根釘子，像咖啡館的古雅建築是當年課長的宿舍。在海拔二千六百二十公尺的高山鐵道長達三十四公里，這裡是他的故鄉，他誕生在這裡，父親從未帶他回來過，卻自己複製一個迷你森榮村，如果他成長在這裡人生應會不一樣吧？然而會有什麼不一樣他也想不出來。當年的森榮村是一個團結和諧的大家庭，這個因木材而繁華的小山城，民國五〇年代是林田山伐木的全盛時期，「摩里沙卡」聚集了約四、五百戶人家，約有二千多人居住於此，其中更有為了員工子女就學需要所設立的森榮國小及林田山幼稚園、每週免費放映二至三場電影的中山堂、供應日常民生用品的購買部（福利社）、解決單身員工飲食問題的公共食堂，以及製材廠、火車站、修理廠、醫務室、豬灶、公共浴室、攤販市場、冰果店、

「這首詩讀來好熟悉。」

「是〈飲馬長城窟行〉翻寫的：青青河畔草，綿綿思遠道。遠道不可思，宿昔夢見之。夢見在我傍，忽覺在他鄉。他鄉各異縣，輾轉不相見……。」

「你怎麼知道？『你』指的是母親，那『他』呢？」

「指的是父親吧！他給我看過這首詩，他沒什麼新意的……。」

離開時雨停了，小光唱著歌，兩人一前一後離得好遠，這時遠處那一團黑煙向他襲來，原來是滿山滿谷的蜻蜓！

——原載二〇一〇年十一月號《印刻文學生活誌》

文學叢書 443

INK PUBLISHING

紅咖哩黃咖哩

作　　者　周芬伶
總 編 輯　初安民
責任編輯　宋敏菁
美術編輯　黃昶憲
校　　對　吳美滿　周芬伶　宋敏菁

發 行 人　張書銘
出　　版　INK印刻文學生活雜誌出版有限公司
新北市中和區建一路249號8樓
電話：02-22281626
傳眞：02-22281598
e-mail：ink.book@msa.hinet.net
網　　址　舒讀網http://www.sudu.cc

法律顧問　巨鼎博達法律事務所
施竣中律師
總 代 理　成陽出版股份有限公司
電話：03-3589000（代表號）
傳眞：03-3556521
郵政劃撥　19000691　成陽出版股份有限公司
印　　刷　海王印刷事業股份有限公司

港澳總經銷　泛華發行代理有限公司
地　　址　香港新界將軍澳工業邨駿昌街7號2樓
電　　話　852-27982220
傳　　眞　852-27965471
網　　址　www.gccd.com.hk

出版日期　2015年 6 月　初版
ISBN　978-986-387-032-6
定價　280元

國家圖書館出版品預行編目資料

紅咖哩黃咖哩／周芬伶 著.
--初版，--新北市中和區：INK印刻文學，
2015. 06 面：14.8 × 21公分.（文學叢書：443）
ISBN 978-986-387-032-6（平裝）

857.63　104005374